FILM

命短し歩

ONE PIECE FILM《ワンピース フィルム レッド》
RED

[原作] 尾田栄一郎　[小説] 江坂純
[劇場版脚本] 黒岩勉

JUMP j BOOKS

CHARACTERS

麦わらの一味
ウソップ
ナミ
ロロノア・ゾロ
モンキー・D・ルフィ
ニコ・ロビン
トニートニー・チョッパー
サンジ
サニーくん
ジンベエ
ブルック
フランキー
ウタ＆劇場版キャラクター
ウタ
ゴードン
アニマルバンド＆バックダンサーズ
ヨルエカ
ロミィ
ハナガサ
カギノテ
エボシ
クラゲ海賊団
音符の戦士
歌の魔王　トットムジカ

赤髪海賊団

シャンクス
ラッキー・ルウ
ヤソップ
ベン・ベックマン
ビルディング・スネイク
〝ハウリング〟ガブ
ライムジュース
ロックスター
モンスター
ボンク・パンチ
ホンゴウ

海賊／海軍／世界政府

シャーロット・カタクリ
シャーロット・ブリュレ
シャーロット・オーブン
シャーロット・ペロスペロー
シャーロット・リンリン
ビッグ・マム海賊団
バルトロメオ
ベポ
トラファルガー・ロー
チャルロス聖
サカズキ(赤犬)
ボルサリーノ(黄猿)
イッショウ(藤虎)
モモンガ
ヘルメッポ
コビー
五老星
ロブ・ルッチ
カリファ
ブルーノ

CONTENTS

世はまさに大海賊時代。

富や名声、力を求め、野望ある者たちは海へと繰《く》り出《だ》した。

海賊たちにとっては夢の時代——しかし、彼らの中には、奪《うば》うことだけを楽しみにしている者たちもいた。

それは力なき者たちにとっては、虐《しいた》げられる日々が続くことを意味している。

世界政府の下《もと》にある海軍も、剣を持たない人々すべてを助けることはできない。

一年の糧《かて》となる作物も、先祖から受《う》け継《つ》いだ財産もすべて取り上げられ、反抗した者は命さえ奪われて——人々は希望を見失い、暗闇《くらやみ》の中を生きていた。

誰に頼ればよいのだろう。

何にすがれば救われるのだろう。

絶望する人々の前に、ある日、一人の少女が現れた。

少女は苦しみを受け止め、安らぎを与えた。

暴力におびえる人々の暮らしに、希望をもたらした。

彼女なら、私たちの苦しみをわかってくれる。
彼女だけが、私たちに心の安らぎを与えてくれる。
すがりつく人々を、少女はけして拒絶しなかった。
「わかってる。わかってるよ、みんな。
みんなが幸せになる〝新時代〟を――私が、作ってあげる」

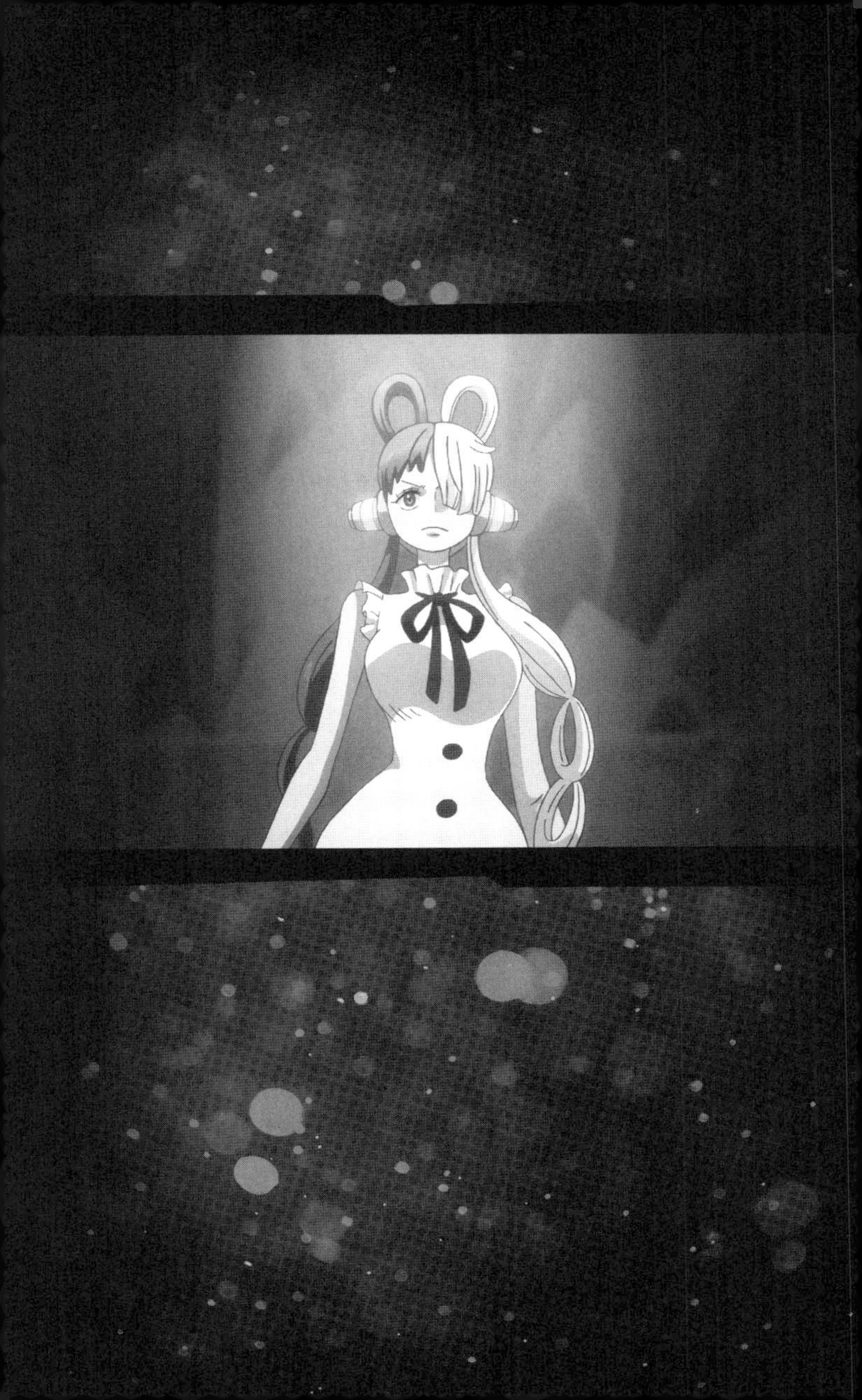

1

海は空よりも少し濃《こ》い青色をたたえて静かに揺れている。

海上に設置されたライブ会場は、人々の熱気に包まれていた。あちこちにフードの屋台が並び、巨大な物販《ぶっぱん》ブースではオリジナルグッズが続々と完売している。

フランキーはごった返した会場をぐるりと見まわして、「すげェ人が集まってねェか?」と感心した。

「あのウタが初めてファンの前でやるライブだからね」

「今までは映像電伝虫《えいぞうでんでんむし》でしか見たことなかったからな」

ナミとウソップが、歩きながら言う。

〝ウタ〟。それが、今日この会場でライブをする少女の名前だ。

ウタの持っている映像電伝虫は特別で、不特定多数の相手に向けて同時に映像と音楽を発信できる。この機能を使い、ウタはこれまで、世界中のありとあらゆる場所へ自分の歌声を届けてきた。

ウタのファンは世界中にいる。にもかかわらず、まだ誰もウタに直接会ったことはない。

UTA

世界を熱狂させる歌姫〝ウタ〟は、もうすぐ始まるライブで、初めて人前に姿を現すのだ。

「生《ナマ》でウタを……それもこんないい場所で見られるなんて……」

チョッパーは身体《からだ》を震わせてつぶやくと、一気に感極《かんきわ》まって「おれ……おれェ――!!」と両手をぶんぶん振りまわした。麦わらの一味のシートは、アリーナを見下ろす升席《ますせき》。入手困難なプレミアムシートだ。

「人魚たちもおる。なんとも楽しそうじゃが……なぜわしらは、こんな格好《かっこう》を?」

ジンベエは、腹に巻いたベルトからじゃらじゃらとチェーンの垂《た》れた自分の格好を、不思議そうに眺《なが》めた。

「初ライブを盛り上げるためにコスチュームを着てきたら、これがもらえるんだよ」

ウソップは、ウタの写真が印刷された缶バッジを見せた。ライブのイメージに合わせた衣装で来場するともらえる、特典アイテムだ。

「それでか」

特に興味もなさそうにゾロがつぶやくと、ロビンは余裕たっぷりに「楽しみよね。今や世界で一番愛される人ですもの」と微笑した。

それを聞いたフランキーが「そんなにすげェのか?」と意外そうに首を傾《かし》げる。

「ソウルキングの私が言うのもなんですが、彼女の歌は別次元です」と、ブルック。

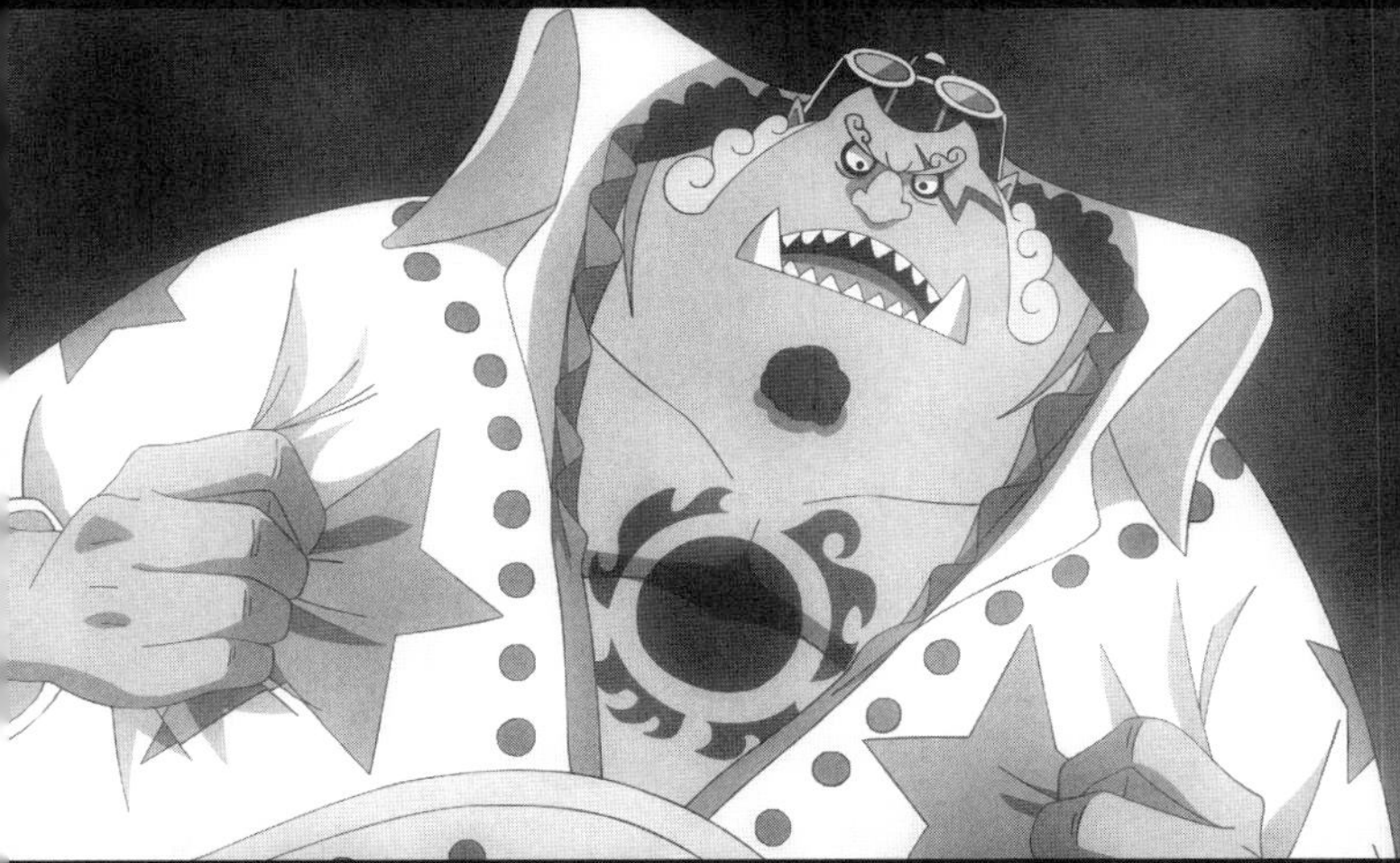

「ウタちゃーん!!　ウ・タ・ちゅわぁ――――ん!」

サンジは、全身をウタのファングッズで固めて、身体をくねらせている。生のウタに会えるのが楽しみで仕方ないらしい。

しまりのないサンジの姿に、ゾロは苦虫《にがむし》を噛《か》み潰《つぶ》したような表情で「くだらねェ」とボヤいた。

「クソ剣士、もう一度言ってみろ、てめェをジューシーに焼き上げてやるぞ」

「やってみろ、グルグルマーク」

額《ひたい》を突き合わせてにらみ合い、いつもの調子で喧嘩《けんか》を始めてしまう。

ライブ会場にいようと海の上にいようと、麦わらの一味は相変《あいか》わらずだ。すぐに喧嘩を始めるゾロとサンジ、場の空気に適応して何でも楽しむナミとロビン、常《つね》に音楽を愛するブルック、目新しいグッズに興味津々《しんしん》のウソップ、会場の様子《ようす》や設備を気にするフランキー、興奮しすぎて妙なテンションになっているチョッパー、そんな一味を見守るジンベエ――

そして船長のルフィはといえば、音楽そっちのけで、屋台に並んだバーベキューに夢中になっている。肉汁が滴《したた》って、おいしそうだ。

「おい!!　ライブが始まるぞ!!　ルフィ!!」

ウソップに呼ばれ、ルフィは骨付き肉にがぶりと噛みつきながら、目だけステージに向けた。

人々の歓声《かんせい》に迎えられ、赤色の髪の少女が、ゆっくりとステージ上に姿を現す。

ウタだ、と誰かがため息を漏《も》らした。

すっと息を吸う音をマイクが拾い、ウタはまっすぐに前を見据《みす》えたまま歌い始めた。

ウタの代表曲の一つ、〈新時代〉だ。

アニマルバンドの奏でるエレクトロ調のサウンドと共に、生身とはとても思えない重量感のある歌声が会場中に響きわたった。

客席を埋《う》め尽《つ》くす観客一人一人に向けて、ウタは丁寧《ていねい》に、鮮《あざ》やかに歌声を紡《つむ》いだ。新《あら》たな世界を願う人々に希望をもたらす力強い旋律《せんりつ》が、伸びやかなウタの歌声と一体になって、聞く者の心を掘り起こす。

もともとウタのファンだったサンジとナミ、そしてウソップは、耳に馴染《なじ》んだ音と声にすっかり聞《き》き惚《ほ》れた。チョッパーはリズムに合わせてひょこひょこと身体を動かしている。ブルックはウタの歌唱力に感心し、フランキーとロビンも落ち着いて耳を傾けた。ウタに対する興味が薄かったはずのゾロとジンベエまで、感心したように眉《まゆ》を開いている。

ウタの歌は、映像電伝虫を通じて全世界に同時配信されている。ウソップとゴーイングメリー号の故郷であるシロップ村にも、サンジが料理人として腕を振るったバラティエにも、〝東の海《イーストブルー》〟の無法者が集《つど》うローグタウンにも、美しい王女が暮らす砂漠の国アラバスタにも、腕利《うでき》きの船大工《ふなだいく》が働くウォーターセブンにも、正義の門がそびえるエニエス・ロビーにも、泣き虫の人魚姫がいるリュウグウ王国にも――そして、かつて赤髪《あかがみ》のシャンクスが拠点《きょてん》としていたフーシャ村にも。

世界中の人々が、ウタの声に耳を傾けていた。

音楽に救われたいと願う人々は、世界中にいる。

そして――会場から少し離れた場所でも、一人の男がウタの声を聞いていた。

肩まで伸ばした縮れ髪と、サングラス。

男は、ライブ会場から漏れ聞こえてくる歓声に、じっと耳を澄《す》ませていた。

2

〈新時代〉の歌唱を終えたウタは、観客たちに向かって笑顔で呼びかけた。

「みんな、やっと会えたね！　ウタだよ！」

会場が歓声《かんせい》に包み込まれる。サンジとウソップ、そしてチョッパーも、「うおぉ〜！」と一緒になって盛り上がった。

「ゴメン……ちょっと感動しちゃった」

目元をぬぐうと、ウタはきゅっと唇《くちびる》を結んで表情を引《ひ》き締《し》めた。力強いまなざしには、この場に集《つど》ったファンたちへの静かな決意がにじんでいる。

観客たちは「ウタちゃーん！」「ウタ様ー!!」と、声が嗄《か》れんばかりに声援を送った。

ようやくウタの生歌《ナマうた》を聞けて、みんな大興奮だ。

しかし会場にいるのは、ウタのファンばかりではない。ウタの知名度に目をつけ悪事をたくらむ連中も紛《まぎ》れ込《こ》んでいた。エボシ、ハナガサ、そしてカギノテの三人が率《ひき》いる、クラゲ海賊団の連中だ。

「野郎ども、準備はいいか？」

エボシがニヤリとしてささやくと、カギノテは「おう」とうなずいた。

「あの人気者を奪《うば》い去《さ》れば、大金と巨大な名声が手に入る。悪いな、ウタちゃん」

三人はウタを誘拐《ゆうかい》する目的で、ライブにもぐりこんだのだ。

そうとは知らず、ウタは笑顔で観客に呼びかけ続けている。

「みんな、今日は集まってくれてありがとう！」

「うおおおおおお！」

観客たちは「U《ユー》・T《ティー》・A《アー》!!　U《ユー》・T《ティー》・A《アー》!!」と声をそろえて声援を送った。

みんなが熱狂する中、ルフィだけがぽかんとした表情をしている。

首を伸ばし、まじまじとウタを見つめたかと思うと、ルフィはふいに勢いをつけて腕を伸ばした。天井に設置された照明を摑《つか》み、そのまま勢いをつけると、

「おい！　ルフィ!!」

ウソップが止めるのも聞かず、タンと地面を蹴《け》る。振り子の要領でひとっとびにステージに飛び移り、ぴったりウタの目の前に着地した。

突然現れたルフィに、ウタは目を丸くした。観客たちは「なんだ、あいつ」「おい、邪魔だ！」と騒ぎ始め、客席にいたエボシは「ん？　あいつもウタを狙《ねら》っているのか？」と首を傾《かし》げた。

「ウタのステージから降りろ！」

「じゃまだよー！　どいてくれ！」

飛《と》び交《か》う野次《やじ》に気を留《と》める様子《ようす》もなく、ルフィはまっすぐにウタと視線を合わせた。

「あ、やっぱりそうだ。ウタ！　お前、あのウタだろ？」

「え？」

「おれだよ！　おれ！」

「おれ？」

ウタはきょとんとしてルフィを見つめ、ハッと目を見開いた。

「……もしかして、ルフィ⁉」

「久しぶりだな！　ウタ！」

「ルフィ～！！！」

ウタは両腕を広げ、ぎゅっとルフィに抱きついた。

二人は知り合いだったのだ。衝撃の事実に、ウソップは「え⁉」と目を剝《む》いて驚き、チョッパーは「んが――‼」と大口を開けたまま固まってしまう。

そしてサンジは、うっすらと涙を浮かべたまま、その場に立《た》ち尽《つ》くした。ルフィに先を越され、ショックで呆然《ぼうぜん》としているようだ。

ルフィとウタはしばらく抱き合ってから、顔を見合わせて「あははは！」と笑い合った。

「おい、あの麦わら帽子《ぼうし》……」

「まさか、五番目の皇帝？」

観客たちが、ルフィに気がついてザワつき始める。

驚いているのは、麦わらの一味も同じだ。まさか自分の船の船長が、世界の歌姫と知り合いだとは思わない。ロビンは「ルフィって、ウタの知り合いだったの？」と意外そうに目を開き、サンジは憤慨《ふんがい》して怒鳴《どな》った。

「テメェ！　だったら紹介くらいしやがれ！」

ルフィに先を越されたのが、よほど悔《くや》しいらしい。

その横でウソップも「なんでウタと知り合いなんだ!?」と叫び、チョッパーが「なんだー!?」と続く。

「だってこいつ、シャンクスの娘だもん」

ルフィがあっけらかんと言い放つと、会場が一瞬、静まり返った。

シャンクスといえば、〝四皇《よんこう》〟の一人で、赤髪《あかがみ》海賊団の大頭《おおがしら》。その名を知らぬ者はいない、大物の海賊だ。そのシャンクスとウタが、親子――

「えええええええええ！！！」

観客たちは度肝《どぎも》を抜かれ、困惑《こんわく》してお互いの顔を見合わせた。

「シャンクスって……」

「四皇の海賊でしょ。超有名人」

「あら？　でもシャンクスって確か……」

「このエレジアを襲《おそ》った極悪人《ごくあくにん》だ」

観客の中には、子供もたくさんいる。モップみたいなボサボサ髪の少年ヨルエカは一緒に来ていた友人と顔を見合わせ、ウタを真似《まね》して髪をツートンカラーに染めたロミィという女の子も「ウタ……」と不安げにため息をついた。

「ライブ会場がエレジアと聞いた時はどうしようと思ったけど……」

ロビンがひとりごとのようにつぶやくと、ブルックが反応して「あの伝説のことですか？」と聞いた。

「ええ。念のために調べておいたの」

観客たちのざわめきはなかなか収《おさ》まらず、ライブは完全に中断されてしまう。その隙《すき》を突いて、クラゲ海賊団の連中が動き出した。

まずはエボシが、「ひひひひひ～」と笑いながらステージに上がる。

「四皇・赤髪のシャンクスにまさか娘がいたのか？」

「なんだ、お前ら？」

ルフィが、ウタを背中にかばうように立ちはだかる。

「それが本当なら、お前はシャンクスの最大の弱点になる」と、ハナガサ。

「身柄《みがら》をほかの有力海賊に渡せば、いい金になるなぁ～。ってことで、本当に残念だがライブは中止だ」

カギノテがニヤついて、ウタに向かって手を伸ばした――次の瞬間。

「熱風拳《ヒートデナツシ》!!」

猛烈な熱風が吹き荒れて、カギノテたちを吹き飛ばした。

攻撃を仕掛けたのは、ビッグ・マム海賊団の一員、オーブン。彼もウタのライブに来ていたのだ。

オーブンが大きな鏡を取り出すと、鏡の中から「ウィッウィッウィッウィッ」と、しゃっくりのような笑い声をあげながら、鷲鼻《わしばな》の痩《や》せた女性が姿を現した。同じくビッグ・マム海賊団の一員、ブリュレだ。

「その子はアタシたちの獲物《えもの》だよ」

ブリュレの姿を見て、ルフィはハッと目を見開いた。

「お前は……枝！」

ウタが「枝？」と不思議そうに首を傾げる。ブリュレはたまらず、「ブリュレだよ！ビッグ・マム海賊団の！」と突っ込んだ。確かにブリュレは枯れ枝のように痩せているが、何度か顔を合わせているのにいまだ名前を覚えられていないのはちょっとショックだ。

「隣《となり》の人は？」

ウタが、オーブンに視線を移す。

「ビッグ・マムことシャーロット・リンリンの四男、オーブン。楽しそうだな。まぜてくれよ」

「ホント、偵察に来てみたらこんな面白《おもしろ》いことが聞けるなんてね。ウタ！　悪いけどママへの手土産《てみやげ》にさせていただくよ！」

ブリュレが鏡をひっくり返すと、中から手下たちがわらわらと飛び出してきた。ブリュレたちも、クラゲ海賊団と同じように、ウタを誘拐する算段でいるらしい。

次々に海賊が登場する急展開に、「また誰か出てきた」「なに、あの人たち……海賊？」と観客たちはあっけに取られた。

ウタのライブには、海軍のヘルメッポとコビーも来ている。海賊たちがライブに乱入してきたのを見て、ヘルメッポはあわてて客席から飛び出そうとしたが、コビーに「待て」

と制止された。

「大丈夫」

力強く言って、コビーはステージにいるルフィを見据《みす》えた。ルフィとその仲間がいるのなら、ここは自分たちが出る幕ではない——そんなコビーの期待通り、麦わらの一味の面々は、ウタを守るためすぐさま動き出した。

「おいおい、ウタちゃんを狙うなんてクソどもはおれが相手してやる」

まずはサンジがステージに飛び移り、ウタを守るように立ちはだかる。殴《なぐ》りかかってきたハナガサを軽くよけ、まわし蹴りを食らわせて、客席まで吹っ飛ばした。

「素晴らしいステージを汚《けが》す不届き者を放ってはおけませんね」

「ようやく面白くなってきやがった」

ブルックとゾロも、それぞれに剣を抜いた。

応じてエボシもブンと剣を振るい、ゾロに向けて衝撃波を放《はな》つ。ゾロは軽い剣さばきで難なく弾《はじ》き飛《と》ばすと、その勢いのままエボシの懐《ふところ》に飛び込んだ。峰《みね》で打たれ、エボシは「ぐはぁ！」と情けない声をあげて倒れた。

ブルックも負けてはいない。愛刀〝魂の喪剣《ソウルソリッド》〟をひらつかせながら、海賊たちの間をすり抜けていく。

「掠《かす》り唄《うた》——吹雪斬《ふぶきぎ》り」

チンと刃《やいば》を鞘《さや》に収めると、次の瞬間、切られた傷口が凍《こお》りつき、海賊たちは花びらが散るようにその場に倒れた。

仲間がやられたのを見て、クラゲ海賊団は次々と剣を抜いた。オーブンも、〝熱風拳《ヒートデナッシ》〟を放とうと右腕に熱を集めている。

ステージの上はたちまち乱闘状態に陥《おちい》ってしまった。ちょっとやそっとでは収まりそうにない。

ナミは「しょうがない」と小さくつぶやいて、加勢に向かった。

「ライブはまだ始まったばかりなんだ！」

「やるぞ！　ウタを守るために！」

チョッパーとフランキーも口々に言って、ナミの後に続く。

ジンベエは「フム」とうなずくと、大きく手を振りかぶった。

「魚人空手《ぎょじんからて》、槍波《やりなみ》！」

水が槍のように鋭く尖《とが》り、加熱途中だったオーブンの右腕にぶつかる。水は一気に蒸発して、ステージの上は真っ白な水蒸気に覆《おお》われてしまった。

「ぬぅ⁉」

「あとはスーパー任《まか》せとけ！」

水蒸気の中から飛び出してきたのは、フランキーだ。右手の拳《こぶし》を突き出して、まっすぐにオーブンに向かっていく。オーブンも負けじと迎《むか》え撃《う》ち、両者の拳が激突した。

続けざま、ルフィがタンと高く飛び上がって技《わざ》を放つ。

「ゴムゴムの！　JET《ジェット》銃乱打《ガトリング》‼」

「うわぁ――――ッ！！」

ゴムの打撃を食らった海賊たちが、綿埃《わたぼこり》のように吹き飛んでいく。海賊たちの落下地点を先読みして、ロビンは手の花を咲かせた。

「百花繚乱《シエンフルール》――蜘蛛の華《スパイダーネット》」

床から伸びた手と手が絡《から》み合《あ》い、ネット状になって、落ちてきた海賊たちを捕まえる。

続けざま、ウソップがスリングショットを引き「よし！　必殺〝緑星《みどりぼし》〟‼」とポップグリーンの種を飛ばそうとしたその時――

「はーい、そこまで‼」

ウタの明るい声が、会場に響きわたった。

「ルフィとみんな！　守ってくれてありがとう！　でも、喧嘩《けんか》はもうおしまい！」

「喧嘩？」

海賊同士の勝負を〝喧嘩〟呼ばわりされ、オーブンが心外そうに片眉《かたまゆ》を上げる。

「みんな私のファンなんだから、仲良くライブを楽しんで！」

「いやでもこいつら、ウタを連れ去ろうとしているんだぞ？」

ウソップは、構《かま》えたスリングショットを下ろしつつ、困惑した。

「それに、話してわかる相手じゃねェ」

「おれたちは欲しいものがあったら戦って奪う。海賊だからな」

フランキーとオーブンが、殴り合いながら言う。

「じゃあ、海賊やめちゃおう！　今までやった悪いことは、私が許してあげる！」

そう言うと、ウタは観客たちに向かって大きく両手を広げた。「ねぇ、ほかのみんなも悪い海賊なんておしまいにして、私と一緒に楽しいことといっぱいの世界で過ごそう？　私の歌があれば、みんなが平和で幸せになれる！」

「この世に平和なんてものはない」とオーブン。

「バカなことを言うガキは、顔を切り裂いてやろうか？」

ブリュレが爪をひらひらさせて脅《おど》すと、「おっと、こいつはおれの獲物だ」とエボシが割り込んできて、ウタの喉元《のどもと》に剣を向けた。

「ウタ！」

助けに向かおうとするルフィに、ウタは「大丈夫！」と笑顔を向けた。

「みんな、私の歌を楽しみに来たんじゃないの？」

「おれたちゃ海賊だ。歌なんかより大事なもんがあるんだよ」

エボシは低い声で言うと、剣先をさらにウタの喉に突きつけた。

彼らにとって、海賊をやめて楽しい世界で暮らそうなどという提案は、甘ったるい世迷《よまい》言《ごと》に過ぎなかった。奪う側にいるのが楽しくて海賊をやっているのだ。〝みんなで平和に〟なんて、求めていない。

ウタを嘲笑《あざわら》う海賊たちの振る舞いに、観客たちは眉をひそめた。

「ひどい……。せっかくのライブを……」

「ウタや私たちの気持ちを、踏《ふ》みにじって……」

ウタは、長い睫毛《まつげ》を伏《ふ》せ、「……残念」と視線を落とした。

「なら！　歌にしてあげる」

ブリュレが「は？」と目をぱちくりさせる。

ウタはにっこりと目を細めると、自信に満ちて歌い始めた。

〈私は最強〉――聴く者の気分を盛り上げる、晴れやかでパワフルな曲だ。ハイテンションな曲調に呼応するかのように、ウタの身体《からだ》が光に包まれた。着ていたワンピースが、鋼鉄の鎧《よろい》へと変化していく。

「変身した⁉」

ナミが驚いて叫ぶ。

エボシは「クソッ」と舌打ち交《ま》じりに、ウタに切りかかった。すると、どこからともなく無数の音符が集まってきて盾《たて》を作り、エボシの刃を弾き返した。何度切りつけても、同じように弾き返され、エボシはウタに傷一つつけることもできない。

ウタがすっと手のひらをかざすと、手の中に、また音符が現れた。音符は無数に集まり、一本の長い槍へと変化していく。

ウタが槍を高く掲《かか》げると、槍の先から五本の黒い線が現れた。楽譜《がくふ》に使われる五線譜のようだ。そのうちの一本が、海賊たちを閉じ込めた〝蜘蛛の華《スパイダーネット》〟に、しゅるしゅると巻きついていく。

「うはひ〜〜！」

近くにいたウソップは、巻き込まれそうになってあわてて逃げ出した。

黒い線は、〝蜘蛛の華《スパイダーネット》〟をからめとり、ゆっくりと上昇していく。

パン！

巻きついた線が弾け、宙に五線譜が浮かんだ。線と線の間には、海賊たちが張りついて

いる。まるで、粘着シートのトラップにかかったネズミのようだ。

「うぅ……」

海賊たちがもがいても、五線譜は海賊たちを押さえ込んだままビクともしない。焦《あせ》る海賊たちとは対照的に、ウタは微笑さえ浮かべて、軽やかに歌い続けている。

その隙《すき》を突くかのように――

「熱風拳《ヒートデナッシ》！」

オーブンがウタに熱風を打ち込んだ。

ルフィがはっと身構えるが、オーブン渾身《こんしん》の攻撃すら、音符にたやすく弾き飛ばされてしまう。音符はしゅるしゅると長く伸びて一本の線となり、オーブンを巻き取って上空に浮き上がると、パン！　と弾けた。

先ほどの海賊たちと同様、オーブンも、宙に浮いた五線譜に張りつけにされてしまった。

「オーブンお兄ちゃん！」

「逃げろ！　ブリュレ！」

「待ってて！　海賊団の援軍を連れて――……」

あわてて鏡の中に飛び込もうとするブリュレに、ウタが人差し指を向ける。指先から伸びた五線譜がブリュレをからめとり、オーブンと同じように五線譜に張りつけにした。

ビッグ・マム海賊団の二人を、ウタはあっという間に動けなくしてしまったのだ。

「すげェ強くなったな、ウタ!!」

ルフィが驚くと、ウタは歌いながら嬉《うれ》しそうに微笑して、すっと右腕を挙《あ》げた。

会場内の海水が天高く噴《ふ》き上《あ》がり、しぶきが陽光を反射してきらめく。高波が起き、海に浮かんでいたクラゲ海賊団の小舟はたちまち押し流されてしまった。

さらに、エボシたちが捕まっている五線譜と、オーブンとブリュレが捕まった五線譜が結合して、一つの譜面を形成した。さっきウタが歌った、〈私は最強〉の譜面だ。

「た、助けてくれー!!」

エボシたちが身体をバタつかせるが、五線譜はびくともしない。

ウタは、槍を持った右手を振り上げた。

「みんなー! 悪い海賊は、楽しい歌になってもらったよ! これで平和になったから安心してね!」

観客たちはウタの強さに感動して「うおおおお!!!」と盛り上がった。ペンライトを振り、手拍子を鳴らして盛り上がる。

ヨルエカはほかの観客たちと一緒にペンライトを振りながら、

「そうだよ！　親子でもシャンクスとウタは違うんだ‼」

と喜んだ。ウタが赤髪のシャンクスの娘だと聞いた時には、海賊側の人間なのかと心配したが、杞憂《きゆう》だったようだ。ロミィも「良かった〜」と胸をなでおろしている。

これで、ライブも無事に再開できるだろう。

麦わらの一味はステージを降り、客席に戻るため、海の上に渡された花道を歩いた。

「あいつは何かの能力者なのか？」

歩きながら、ゾロが隣にいたナミに聞く。

先ほどの戦闘を見る限り、ウタはどんな攻撃を食らってもダメージを受けていなかった。何らかの能力者であることは間違いなさそうだ。

「さぁ、聞いたことないけど」

ナミが小さく首を傾げる。

海の中では、「ＵＴＡ」のロゴをかたどった電飾が赤く輝いている。ルフィは「おぉ〜、なんだこれ！」と顔を輝かせ、海に向かって身を乗り出した。

「何やってんだ、早く戻るぞ！」

ルフィの首根っこを掴み、ウソップが強引《ごういん》に引っ張っていく。

ウタは、「アハハ……」と笑いながらルフィを見送ると、変身を解いた。元のワンピース姿に戻り、改めて客席の方に向き直る。

「ここで！　みんなに嬉しいお知らせがあります！　いつもの映像電伝虫《えいぞうでんでんむし》を使った配信ライブは、私が疲れて眠くなっちゃうからすぐに終わっちゃうけど、今回のライブはエンドレス！　永遠に続けちゃうよ」

永遠に続ける――と聞き、映像電伝虫は「キュッ⁉」と目を丸くした。

観客たちはきょとんとして「それって……」「まさか……」と互いに顔を見合わせる。

「そう！　みんなとずーっと一緒にいられるってこと‼　配信で楽しんでるみんなも！　この会場にいる君たちも！　もっともっと楽しんじゃおう‼」

ウタが声高《こわだか》に宣言すると、おぉー！　と会場にどよめきが走った。

「すっげェー！　一人でライブやり続ける気かよ！」

興奮するウソップの頭の上に飛び乗り、チョッパーも「最高かよー‼」とテンションを上げる。

「UTA《ユーティーアー》！　UTA《ユーティーアー》！　UTA《ユーティーアー》！」

観客たちは、声をそろえてウタに声援を送った。

ウタは満足そうにゆったりと微笑《ほほえ》み、ステージの前方へと進み出ると、映像伝電虫を通して世界中の視聴者たちと視線を合わせた。

「それとねー、大事なお話！　海賊のみんな、それに海軍、世界政府の人たち。このライブの邪魔をしないで。みんな、楽しいこと、幸せなことを探しているの。ひどいことをやったら、覚悟してもらう」

ウタはすっと真顔《まがお》になると、よく通る声に決意をにじませ、高らかに宣言した。

「私は新時代を作る女、ウタ！　歌でみんなを幸せにするの!!」

「うぉ――――！」

盛り上がる観客たちの歓声を全身に浴び、ウタはすっと背筋《せすじ》を伸ばした。

「じゃ、次の曲いくよ……」

客席の照明が落ち、ステージを照らすライトがイエローからグリーンへと変化する。

真っ暗になった客席で、ペンライトの光が揺れる。

ウタは自信に満ちた表情で、次の曲を歌い始めた。

ウタのライブの様子は、マリージョアにも配信されている。
世界政府の最高権力者――五老星《ごろうせい》たちも、映像電伝虫を通して、熱狂するライブ会場の様子を監視していた。音は消してあるので、確認できるのは映像だけだ。

「赤髪に娘がいたのか」

「サイファーポールの報告通り……大海賊時代を全否定する、全《まった》く新しい敵の出現だな」

「やっかいなことに、民衆も彼女についている。革命の芽は早めに摘《つ》んでおかねば、手遅れになる」

ライブの映像を見ながら、五老星たちは老獪《ろうかい》にささやき合った。ウタを「革命の芽」と判断して、始末するつもりでいるらしい。

「あの娘がフィガーランド家の血筋でもか？」

五老星の一人が言うと、ほかの四人はハッとして顔を上げた。

「トットムジカの存在も気になるな」

「トットムジカ——アレが再び目覚めるのなら、悠長《ゆうちょう》に構えているわけにはいかないだろう」

一刻も早くウタを始末するため——老人たちは、海軍の元帥《げんすい》に指令を出すことにした。

海軍本部にある元帥の専用室では、サカズキが仏頂面《ぶっちょうづら》でマリージョアからの電話を受けていた。

通話を終えると、再び電伝虫の受話器を取り、今度は海軍大将たちに連絡を取る。

「ウタを討伐《とうばつ》する軍を送ることが決まった。ヤツァ、危ない」

サカズキが報告すると、電伝虫の向こうで黄猿《きザル》が答えた。

「おっかしいねェ〜。女の子たった一人に全世界が注目してるなんて」

「おい、甘く見ちょりゃあせんか？　ライブの場所は音楽の島エレジアじゃ。あそこには、古代に封印《ふういん》された『トットムジカ』がある」

サカズキが固い声で言うと、今度は藤虎《ふじトラ》の声がした。

「で、どれだけ出すんです？」

サカズキは少し考えて、藤虎に聞き返した。

「エレジアに今すぐ出撃可能な軍艦は？」

「三十隻《せき》」

藤虎の答えを聞き、サカズキはただちに判断を下《くだ》した。

「よし。中隊小隊率いて、全艦出せ」

かくして、海軍の所有する三十隻もの軍艦が、それぞれに中隊や小隊を率いてエレジアに送り込まれることになった。「MARINE」の名を掲げた、帆船《はんせん》の大群。大船団の先頭には、黄猿と藤虎を乗せた軍艦がいる。

海を進むと、ほどなくエレジアの島影が見えてくる。かつてシャンクスによって壊滅《かいめつ》させられた国だ。

「…………」

黄猿は無言でエレジアを遠くににらみ、藤虎はうつむき加減《かげん》に唇を引き結んで、船が着くのを待った。

3

会場では、ウタのライブが続いていた。

音符の形をしたフロートに乗り、ウタはファンに手を振りながら会場中を飛びまわっている。今回のライブはエンドレス——その言葉通り、何曲歌ってもウタは疲れを見せず、会場は盛り上がり続けた。

「ライブはまだまだ続くけど、みんなお腹すいたりしてない～？　よーし、食べ物とか楽しそうなの、いっぱい作っちゃう！」

ウタが両手を広げると、フロートからバッと大量の音符が飛び出した。音符は食べ物やぬいぐるみに変化して、四方八方へと散っていく。

客席にいたロミィは、落ちてきた犬のぬいぐるみを両手で受け止めた。ふかふかしていて、すごく優しい手触《てざわ》りだ。

「うわー……本当に、これもらっていいの⁉」

「もちろん！」

うなずくと、ウタは大きな音符に飛び乗り、スケボーのように乗りこなしてジグザグに宙を舞った。

「みんな、ここでは好きな時に好きなものを食べて、歌って踊って、私と一緒に楽しく過ごせばいいからね」

ウタの言葉通り、この会場では好きなものが好きなだけ手に入った。ウタが出す音符は、何にでも変化するのだ。

あるおじいさんは、降ってきた大きな果物《くだもの》を受け止め、感動して「夢みたいじゃ……」とつぶやいた。海賊たちが幅を利《き》かせるようになってからというものの、こんなに大きな果物は滅多《めった》に手に入らなくなっていたのだ。

「私と一緒なら、どんな夢でも叶《かな》う！　みんなを怖《こわ》がらせるものなんて、どこにもない！　新時代、サイッコー‼」

「うおぉおお！　ありがとうウタ！」

観客たちは大喜びで、ウタに声援を送った。

可愛《かわい》くて優しくて歌が上手《うま》くて、いつでも何でも好きなものをくれる。どんな夢でも叶《かな》えてくれる。観客たちにとって、ウタは最高の存在だった。

その頃——ビッグ・マム海賊団の幹部たちも、〝ママ〟と一緒にウタのライブ配信を見守っていた。

「予想以上の能力だ。さすがに甘く見すぎたか」

キャンディ大臣ペロスペローが、忌々《いまいま》しげに顔をゆがめる。

ビッグ・マムは「マンマ、マンマ」とニヤついて、じっとウタの様子《ようす》を見つめた。

「あの能力だけじゃなく、赤髪《あかがみ》の娘だって〜？　何としても手に入れてやる！」

「しかも、あの忌々しい麦わらの一味もいやがるぜ。なめやがって、ペロリン」

画面に、五線譜《ごせんふ》にとらわれたブリュレが映《うつ》し出《だ》される。なんとか逃《のが》れようと上半身を前にのめらせているが、顔が伸びるばかりで、一向に抜けられそうにない。

苦しみもがくブリュレの様子を黙って見つめていたカタクリは、無表情のまま、ゆっくりと口を開いた。エレジアにはおれが行く、と。

「妹を奪《うば》われて、黙っているわけにはいかない」

ライブ会場では、サンジが麦わらの一味に料理をふるまっていた。

鍋の中で温まったフォン・ド・ジビエをレードルですくい、「ここはコックにとって天国だな」と満足げにつぶやく。ウタが食材を用意してくれるので、何でも好きなものを作ることができるのだ。

ルフィは焼けた肉を片《かた》っ端《ぱし》から口に詰《つ》め込《こ》み、チョッパーはミルクを飲んでいる。

「ウタに頼んだら酒も出てくる」

酒を飲みながらゾロが言うと、ジンベエは「どうなっとるんじゃ、まったく」と首をひねった。

「あ、そっか！　ウタなら、財宝とかもいくらでも出してくれるかも……」

良からぬことをたくらむナミに、ウソップが「おい……」とあきれて突っ込む。

サンジは、野菜箱に入ったキャベツを取ろうとして、ふと、小さなキノコがまじっているのに気がついた。

〝ネズキノコ〟だ。

サンジは顔をしかめ、ネズキノコを指で弾《はじ》いてゴミ箱に捨てた。

ぐびぐびとミルクを飲んでいたチョッパーは、ふと顔を上げウタの方を見上げた。ウタはフロートに乗って歌いながら、みんなに食べ物やぬいぐるみなどを配って回っている。

「これ、何の能力かな？」

「悪魔の実の能力にしては、何でもできすぎだろう？」

フランキーが訝《いぶか》しむと、ロビンも「確かにそうね」とうなずいた。

「これだけ万能な能力なんて、聞いたことがない」

いろんなものを作り出したり、敵の攻撃を無効化したり――あらゆることができるウタは、まさに〝最強〟の存在だ。

「ルフィ、あんたウタの友達なんでしょ？　なんか知らないの？」

ナミに聞かれ、ルフィはカレーをかきこむのを中断して顔を上げた。

「あいつ、昔っから歌はめちゃめちゃ好きだったぞ！」

答えになっていない。ナミが「は？」と聞き返すが、ルフィはまたサンジのカレーに夢中になってしまった。

「もしかしたらウタさんは、万能の力を与えられたのかもしれません。音楽の神様に……」

冗談でもなさそうな口調で言い、ブルックがヨホホホと笑う。

と、その時、音符に乗ったウタが、一味の席へと滑《すべ》り降《お》りてきた。

「ルフィ！　みんな！　楽しんでる？」

「はひ！　プリンセス・ウタ！」

ウソップがしゃきんと背筋《せすじ》を伸ばす。

「変わった食材もあるしね。天国だよ、ここは」

サンジが微笑して言い、チョッパーは「楽しいことだらけだな！」と満面の笑《え》みを見せた。

「よかった、ルフィの友達にも喜んでもらえて」

愛想《あいそう》よく言うと、ウタはルフィに顔を近づけて「ねぇ、これで全員？」と声をひそめた。

「あァ」

「そんなことないでしょ？　その帽子《ぼうし》の……」

「ホントだって」

ルフィが遮《さえぎ》るように言うと、ウタはムッとした表情を浮かべた。

「ルフィ、久しぶりに勝負しない？」

「今のおれに勝てるわけねェだろ」

そっけなく言《い》い放《はな》ち、ルフィは骨付き肉を取って網《あみ》の上に置いた。ジュー、と肉の焼ける音がする。

「何言ってんの！　私が183連勝中だってのに！」

ウタが言うと、ルフィはバッと振り返り、「違う！」と言い返した。

「おれが183連勝中だ!!」

ロビンが「認識の違いが激しすぎる」と冷静にコメントする。

「勝負って？」

「昔、ルフィといろんな対決をしたの。ナイフ投げとか腕相撲《うでずもう》とか」

ナミの質問に答えて言うと、ウタは「よしっ！」と人差し指を立てた。

「今日の種目はこれにしよう。チキンレース！　早く食べた方が勝ちね！」

ウタの身体《からだ》から音符が飛び出し、空中に集まって、五十メートルほどの長さの大きな板を作った。この上が、チキンレースの舞台だ。ウタは音符を出してルフィの身体を持ち上げ、板の端に運んでドサッと落とすと、自分もその隣《となり》に並んで座った。

ポン！

モモ肉のローストチキンが、一皿ずつ、二人の目の前に現れる。

「おぉ、なつかしいなァ。あとは――」

「大丈夫。ちゃんと用意したから」

ウタが指を鳴らすと、板の反対側の端に、巨大な牛が現れた。牛は鼻息荒く足を踏み鳴らし、今にも二人に向かって突進してこようとしている。でも、ウタもルフィも、目の前のチキンをすべて食べ終えるまで牛から逃げてはいけない。それが、二人がよくやっていた、チキンレースのルールだ。

「やるぞ！」

ルフィもウタも、気合たっぷりだ。

よーい、とウタのかけ声で、二人は声をそろえてカウントダウンした。

「3、2、1！」

牛は、しっぽをムチのようにしならせて、突進してくる。

ウタは両手で肉を摑《つか》み、次々と口の中に詰め込んだ。一方、ルフィは皿をドンと叩《たた》いてチキンを浮き上がらせ、大口を開《あ》いて一気にたいらげる。

牛は猛烈な勢いで突進してくる。ウタも善戦しているが、ルフィの皿の上のチキンはあと三きれだけだ。まとめて口の中に放り込むと、ルフィはウタに勝ち誇った視線を向けた。

このままルフィの勝利——かと思われたその時、ウタは音符を出してオレンジジュースのグラスに変え、「あげる！」とルフィに差し出した。

「ルフィ、はいジュース」

「うわ！　ありがとう！」

ルフィは何の疑いも持たず、ジュースを受け取る。

その隙《すき》に、ウタは残った肉を口の中に詰め込み、タンと飛び上がってその場から離れた。

直後、猛牛が突っ込んできて、ルフィを吹き飛ばす。

「ウタの勝ちだ——！」

「勝ちだ――!!」

ウソップとチョッパーが、歓声《かんせい》をあげた。

「ずりィぞ、ウター!」

不満そうに叫ぶルフィが落ちて行く先は、海面だ。たっぷりの海水が、波音を立ててい
る。

「あ! 海はマズイ」

ウソップが身体を乗り出すが、もう遅い。ルフィはボチャンと海に落ちてしまった。

なすすべなく、ガボガボと泡《あわ》を吐《は》いて沈んでいく。悪魔の実の能力者は海に嫌われ、海
水に濡《ぬ》れていると力が出なくなってしまうのだ。

ウタはあわてて音符を出すと、ルフィの身体を引き上げて、元いた升席《ますせき》まで送り届けた。

「そっか、ルフィも悪魔の実を食べたんだものね。ごめん、ごめん」

「さっきのは反則だ! もう一回!」

ルフィは海に落ちたことより、先ほどの勝負の結果が気になっていた。

「出た、負け惜しみィ」

楽しそうに笑うと、ウタはルフィにぐっと顔を近づけて、ささやいた。

「私が勝ったんだから、教えてよね。シャンクスはどこ?」

「知らねー」

「だったら、その麦わら帽子は何？」

ウタはじれったそうに、ルフィの目をのぞきこんだ。口調は普通だが、声にはどこか焦《あせ》りがにじんでいる。——シャンクスの居場所を是《ぜ》が非《ひ》でも知りたい、と必死になっているかのような。

「これは、預かってるだけだ」

そっけなく答えるルフィに、ナミが「ねぇねぇ、ルフィとウタってどこで知り合ったの？」と口を挟んだ。

「こいつはフーシャ村に、シャンクスたちと一緒に来てたんだ」

「フーシャ村って、ルフィさんの故郷でしたよね」

ブルックが言い、ルフィは「ああ」とうなずく。

フーシャ村で、ウタとルフィが一緒に暮らしていたのは、今から十二年前のことだ。当時、シャンクス率《ひき》いる赤髪海賊団は、フーシャ村を航海の拠点《きょてん》にしていた。

ウタはいつも、海を見下ろす岬《みさき》に膝《ひざ》を抱《かか》えて座り込んで、歌っていた。

目を閉じて歌えば、何もかもが思い通りになる。

争いのない平和な世界。そこはきっと、いつも音楽に満ちていて、辛《つら》いことも苦しいこともない、ずっと永遠に続く場所だ。

そんな世界になればいいな、と心から思う。いつかこんな時代が来るのなら、きっとそれを「新時代」と呼ぶのだろう。

「またウタが夢の中ー！」

ルフィにからかわれ、ウタは歌うのをやめて目を開けた。

「あんたもおいでよ」

「いやだ、つまんねェ！　それより勝負しようぜ‼」

「まったく、子供なんだから……」

ルフィの言う「勝負」とは、お馴染《なじ》みのチキンレースのこと。食べ物を早く食べ終え、走ってくる野犬から逃げきった方の勝利だ。

せっかく歌ってたのに、とちょっとげんなりしつつも、ウタはルフィの持ちかけてきた勝負に応じることにした。マキノの店の前の通りに二人並んで座り込み、皿に山盛りになったチキンとジュースを目の前に置く。

チキンの匂《にお》いにつられて、すぐさま野犬が寄ってきた。

「早く食べて逃げた方が勝ちだからね！」

「おう！」

「危ない！　やめなさい、二人とも」

見かねたマキノが店から出てきて注意するが、二人は「やだ！」と聞く耳を持たない。

困り果てていると、店のドアが開き、洗いざらしのシャツをさらりと着こなした赤髪の男が外に出てきた。

赤髪海賊団の船長、シャンクスだ。

「好きなようにやらせればいい。こいつらにとっては真剣勝負なんだ」

そう言うと、麦わら帽子をかぶり直して、ゆったりと笑う。

ウタとルフィは、シャンクスと目を合わせて、小さくうなずいた。マキノの気持ちもわかるが、シャンクスが自分たちの気持ちを尊重してくれたことが嬉しかった。

騒ぎを聞きつけて、店の中から赤髪海賊団の面々が次々と出てくる。ベン・ベックマン、ラッキー・ルウ、そしてヤソップ――いつの間にかたくさんのギャラリーに見守られ、ルフィとウタは気合を入れて両腕を振り上げた。

「よーい……3、2、1」

バーン！

ウタとルフィは地面を叩き、チキンののった皿を跳《は》ね上《あ》げると、猛烈な勢いで食べ始めた。

野犬は、遠くから二人の様子をうかがっている。

「何を争っているんですか？」

あきれて聞くマキノに、副船長のベックマンが「どっちが立派な海賊になれるか、だってさ」と微笑して答える。

ラッキー・ルウは、自分もチキンをかじりながら、二人の皿を見《み》比《くら》べた。両者ともすごい勢いで食べているが、ルフィの皿が減る方が、少し早いようだ。

「ルフィの勝ちか？」

野犬がダッと二人に向かって走り出す。

野犬の動きを目の端《はし》にとらえたウタは、グラスを掴むと、「ジュースあげる」とルフィの前に突き出した。

「わっ、ありがとう！」

ルフィはジュースに気を取られ、野犬がすぐ後ろに迫っているのには全《まった》く気づいていない。ウタは、皿の上のチキンをまとめて口の中に詰め込むと、サッと横に飛んだ。

ドッ！

のんきにジュースを飲むルフィに、野犬が体当たりを食らわせる。

「ぶふぅっ、ウワァ――!!」

ルフィはジュースをまき散らしながら吹き飛んだ。

ヤソップが、「だァー」と手で顔を覆《おお》う。

「また同じ手にかかりやがった!」

ウタは笑いながら、ひっくり返ったルフィに「大丈夫~?」と声をかけた。

悔《くや》しくて、ルフィは勢いをつけて立ち上がった。

「まだ……決着はまだついてねェ!」

「出た、負け惜しみィ」

「ズルしたお前の負けだ!」

「私は海賊! ずるいも何もないの。真剣勝負で気を抜いたあんたがガキなだけでしょ」

「お前だって、まだシャンクスに海賊だって認められてないくせに!」

「うるさい! 私はシャンクスの娘だよ! あんたと違ってもう何年も一緒に船に乗って冒険してる! 私とあんたじゃすっご――――い差があるんだ!」

「ない!」

「ある!」

ルフィは一歩後ろに下がると、拳《こぶし》をぎゅっと握りしめた。

「だったら海賊らしく戦って勝負だ！」

「のぞむところよ！」

ウタも構《かま》えを取ってにらみ合う。

両者、しばしにらみ合い——

「うお——！」

「わ——!!」

腕をぐるぐる回しながら、取っ組み合った。傍《はた》から見るとふざけているようにしか見えないが、ウタもルフィも本気の真剣勝負だ。

必死に競《せ》り合《あ》っていると、

「いい加減《かげん》にしろ」

頭の上から涼《すず》しい声が降ってきて、額《ひたい》にコンと軽い衝撃《しょうげき》が走った。シャンクスが、剣の鞘《さや》で二人の頭を小突《こづ》いたのだ。

「子供に剣を使うなんて海賊の風上にも置けないぞ、シャンクス！」

ウタが抗議すると、シャンクスは「ばか」と笑った。

「今のは愛の鞭《むち》ってやつだ」

「鞭じゃなくて剣だったぞ」と、ルフィが不満そうにボヤく。

「も〜、愛だなんてェ……私を愛してるってこと？　シャンクス〜」

ウタは冗談交《ま》じりに、でもちょっと本気で嬉しく思いながら、シャンクスにしなだれかかった。

それを見たルフィも「シャンクス〜ん」と真似《まね》してふざけて、シャンクスに抱きつく。

「まとわりつくな。ウタもルフィも！」

苦笑しながらも、シャンクスが腰を下ろしてくれたので、ルフィは大喜びでシャンクスの身体にまとわりついた。骨ばった背中に足をかけ、左肩の上によじのぼると、反対側から同じように登ってきたウタと目が合った。

「お前、なんで父ちゃんのことシャンクスって呼ぶんだ？」

「お父さんだけど、私のあこがれの船長だから！　カッコいいでしょ!?」

胸を張るウタを、マキノが遠くから微笑《ほほえ》ましく見つめる。シャンクスも、麦わら帽子の陰《かげ》でこっそりと唇《くちびる》の端を上げた。

「あー、今日もルフィに勝って気分がいいから、歌っちゃおう！」

シャンクスの肩からタンと飛び降りると、ウタは機嫌《きげん》よくくるくると回り始めた。ルフィも降りると、「シャンクス、おれも航海に行きてェ！」と、急に真面目《まじめ》な表情になって訴える。

シャンクスはかがみこみ、ルフィと目線を合わせた。

「お前みたいに血の気の多いやつはダメだ」

「ウタはなんでいいんだ？」

「戦闘中は船番だぞ？　お前にやれるわけがねェ」

諭《さと》すように言って、シャンクスはルフィの頭にぽんと手をのせた。ルフィはあきらめきれず、「う……うー」と身体をうずうずさせている。一緒についていきたいけれど、船番はできる気がしない――という葛藤《かっとう》が丸わかりだ。

「あたしは赤髪海賊団の音楽家、ウタ！　みーんなが自由になれる新時代を歌で作る女よ！」

元気よく言うウタに軽く笑いかけると、シャンクスはルフィの頭をくいっとウタの方に向けた。

「さぁ、うちの音楽家のステージだ！」

ウタは歩きながら、ゆっくりと歌い始めた。澄《す》んだ歌声が、暮れかけた空に響いていく。

〈風のゆくえ〉――心を優しく撫《な》でるような、どこか懐《なつ》かしいメロディの曲だ。

心地よく聞いているうちに、いつの間にか気持ちがぼんやりとして、気がつくとルフィは目を閉じて眠っていた。

ハッと目を覚ました時には、いつの間にかとっぷりと日が暮れている。ウタも赤髪海賊団の面々も、みんなマキノの店の前に座り込んで、お互いに寄りかかるようにして寝入っていた。

ウタが歌うのを聞いていると、いつもこうだった。心地よく鼓膜《こまく》を揺さぶられているうちに、睡魔《すいま》に襲《おそ》われ、気づくと眠ってしまっているのだ。


「そういやお前、急にいなくなったよな」

ウタがいた日々を思い出し、ルフィは首をひねった。

「急にってどういうことだ?」

チョッパーが不思議そうに聞くが、細かい理由をルフィは覚えていない。

「え～っとォ……確かァ～～」

ルフィは必死に頭の中をかきまわし、古い記憶を手繰《たぐ》り寄《よ》せた。

「おれは、シャンクスたちが帰ってくるのをいっつも待ってたんだ。でもあの日――」

血の気の多いルフィは、赤髪海賊団の航海には連れていってもらえず、いつもフーシャ村でみんなが帰るのを待っていた。レッド・フォース号が港に戻ってくると、ルフィはいつも走っていって、海賊たちを出迎えた。

「おかえりィ!! 今回はどんな冒険してきたんだ?」

帰還したシャンクスたちから航海中の出来事を聞くのを、ルフィは何より楽しみにしていた。

でも——その日はいつもと様子が違った。船員たちは疲れきった表情で、ルフィの質問にも答えず素通りして、船を降りていったのだ。

「あれ? なんだよ。いいよ、ウタに聞くから!!」

ルフィは港を走りまわって、ウタが船を降りてくるのを待った。

「また冒険の自慢話、聞いてやるよ! どこだよ、ウター!」

しかし、いくら待ってもウタは降りてこない。いつもは真っ先に降りてきて、得意げに冒険の話を聞かせてくるのに。ルフィはだんだん不安になってきてしまった。

船から最後に降りたのは、シャンクスだ。どこか頼りないような足取りで、一歩ずつタラップを降りてくる。

「シャンクス！　ウタはどこ行ったの」

シャンクスは足を止めた。麦わら帽子が影になって、表情はよくわからない。

「もしかして……ウタに何かあったのか⁉」

シャンクスは、骨ばった左手をルフィの頭にのせると、ルフィに語りかけるというよりは、自分自身に言い聞かせるような口調でつぶやいた。

「心配するな、ルフィ。ウタはな、歌手になるために船を降りた。ただ、それだけだ」


あの日のことをルフィから聞いて、ウタは「へェ〜」と乾いた声を出した。

「なァ、ウタ、お前なんで急に海賊になるのやめたんだよ。あれだけ赤髪海賊団が好きだったのに」

聞きながら、ルフィは、グリルの上の肉を両手に摑んだ。

「海賊より、歌手になりたいって思ったから。ほら、私、二年くらいの活動で世界中にファンができるほどだし」

「フーン」

「それよりルフィは？　今、なにやってんの？」

「決まってるだろ。海賊だ」

ウタは一瞬、言葉を失って黙り込んだ。

「……そっか。海賊か……」

どこか後ろめたそうにつぶやく。

「ああ。海賊王になるんだ、おれ！」

てらいなく言うルフィを見つめ、ウタは低い声で言った。

「……ねえ、ルフィ。海賊やめなよ」

横で聞いていたゾロたちが、驚いて顔を上げる。

「一緒にここで楽しく暮らそう。友達のみんなも私のファンなんでしょ？　一緒にいた方が楽しいよね⁉」

ウタの明るい声が、空々《そらぞら》しく響く。

ルフィは手に持っていたバーベキューの肉を口の中に詰め込むと、そのまま升席から出ていこうとした。

「ちょっと！　聞いてんの、ルフィ！」

「ウタ」

ルフィはウタの方を振り返ると、ニッと歯を見せた。

「久しぶりに会えて、嬉しかった！　肉も食ったし、おれサニー号に帰って寝るよ」

「はァ？」

「お前もやりてェことやってるみたいだし、良かった！　じゃあな！」

階段を降りていくルフィに続いて、麦わらの一味たちも立ち去ろうとする。みんな、それぞれにやりたいことがある。一生ここにとどまり続けるわけにはいかないのだ。

「帰らせないよ！　ルフィとあなたたちは、ここで永遠にずっと、私と楽しく暮らすの」

ウタは明るい口調で言ったが、目も口も笑っていなかった。

「何言ってんだ、お前」

ゾロがあきれて振り返る。

「ウタ、あなたの歌は好きだけど、さすがにずっとは……」

言いかけたナミに向かって、ウタは音符を弾いた。

「ッ！」

弾き飛ばされたナミに、サンジが「ナミさん！」と駆け寄る。

ウタが指を向けると、五線譜《ごせんふ》が伸びていって、サンジを拘束《こうそく》した。床に倒れたナミも、五線譜にからめとられてしまう。

ウタは観客に向かって、声を張り上げた。

「みんな――！　また海賊を見つけたよ！　どうしよう？」

海賊が、まだこの会場に――

観客たちの表情が、一斉《いっせい》にこわばった。両手に力をこめ、唇を噛《か》みしめている子供もいる。みんな、海賊には散々苦しめられてきたのだ。この上、ウタのライブまで台無しにされてはたまらない。

「……UTA《ユーティーアー》！」

一人の男の子が立ち上がり、コールをかけた。

ほかの観客たちも次々と加わり、ウタに向かって叫ぶ。

「UTA！　UTA！　UTA！」

それは、海賊なんて要《い》らないという意思表示だった。

「オッケー！　じゃあ、みんなのために私が海賊をやっつけちゃうね！」

ウタの言葉で、演奏が始まった。人々の怒《いか》りを掻《か》き立《た》てるような、荒々しい伴奏。照明が落ち、カラフルなレーザーライトが明滅して客席を照らす。

ウタが大きく手を打ち鳴らすと、観客たちも手拍子を始めた。リズムにのって音符が現れ、集まって、鎧《よろい》をまとった屈強な戦士の姿になっていく。

「いくらルフィの幼馴染《おさななじ》みだからって、こりゃあ自由にしすぎじゃねェか」

抜刀《ばっとう》して構えたゾロに、音符の戦士たちが槍を構えて襲いかかる。

突き出された槍先が刀を叩き、火花が散った。

「なんだ、こいつら！」

ウソップが目を白黒させて叫ぶ。

戦士の一人は、いったん距離を取ると、飛び上がって上空からウソップを狙《ねら》った。

「うわっ」

ウソップがあわてて地面を転がる。槍《やり》を構えて落ちてきた戦士を、ゾロは一太刀《ひとたち》で切《き》り伏《ふ》せ、続いて向かってきた戦士を刃《やいば》で押し返した。

倒された戦士たちは元の音符に戻り、空気に溶けるように消えていく。

しかし、一人二人倒したところで、戦士たちは後からどんどん湧《わ》いて出た。

「どんどん増えていきます！」

ブルックが、応戦しながら焦る。

ジンベエは、仁王《におうだ》立ちになって、ぐっと右拳を引いた。

「唐草瓦正拳《からくさがわらせいけん》！」

乾坤一擲《けんこんいってき》、右手を天に突き上げる。すさまじい勢いのアッパーに弾き飛ばされ、戦士たちは音符に戻って散っていった。

しかし――

音符はすぐにまた集まって、再《ふたた》び戦士として復活し、襲いかかってくる。

「これはキリがないのう」

「やっぱりこのエレジアは、トットムジカの島？」

ロビンは〝ハナハナの実〟の能力で戦いながら、険《けわ》しい表情を浮かべた。

麦わらの一味が音符の戦士たちと戦う中、ルフィはマイペースに升席を出て、海に浮かんでいたボートに乗った。停泊中のサウザンド・サニー号に帰るため、オールをこいで海を進む。ふと見上げると、戦士たちがカラフルなライトを浴びて、派手に飛びまわっているのが見えた。迫力ある光景に、「すっげェな〜」と目をキラキラさせる。

「楽しんでる場合か！」

フランキーは、向かってきた戦士をかわしざま、カウンターで弾き飛ばすと、

「アウチフィンガー！」

指先から弾丸を放ち、戦士を三体まとめて吹き飛ばした。

「ルフィ、あんたが海賊だって言うからいけないんだよ。私の友達なら、海賊はあきらめて」

「何言ってんだ、おめェ」

ルフィは戦闘態勢をとりかけたが、すぐに思い直して、ふっと身体の力を抜いた。

「やっぱやめた。のらねェ。戦う理由がねェ」

つれない態度をとられ、ウタの表情がゆがむ。

「あんたがやらなくても、私はやるよ」

冷たい歌声がスタジアムに響きわたる。

〈逆光〉――人々を虐げる存在への怒り、そして屈せず戦っていく決意を歌った曲だ。圧力のある激しいメロディを、ウタは早口で歌いあげる。

青、赤、緑――カラフルなレーザービームが会場中を走りまわる。音楽と光に鼓舞《こぶ》されるように、音符の戦士たちはますます凶暴になり、陣形を組んで突っ込んできた。

「六輪咲き《セイスフルール》――スラップ」

戦士たちの胴体からしなやかに腕が生《は》え、バシンとビンタを食らわせた。ロビンの〝ハナハナの実〟の能力だ。戦士たちは意識を失って落ちていき、音符となって一度は散ったものの、またすぐに集まって復活してしまった。

戦士たちは、船の上のルフィにも襲いかかる。

ウタが歌えば歌うほど、戦士たちの数はどんどん増えていく。チョッパーは柔力強化《カンフーポイント》状態になって、ウソップをかばいながら戦った。ゾロやブルックも片《かた》っ端《ぱし》から戦士たちを切り伏せている。

フランキーは隙を見て、ウタに直接攻撃を試みた。口の中に溜《た》めた炎の塊《かたまり》を、ウタに向かって一気に吐き出すが、またもあの音符に軽々と弾き返されてしまった。

このままではキリがない。麦わらの一味たちが次第に疲弊《ひへい》してくると、ウタは五線譜を飛ばした。五線譜は麦わらの一味がいる升席全体を覆《おお》い尽《つ》くし、そこにいた一味をからめとって、ゆっくりと宙に上がっていく。

仲間が捕まったのを見て、ルフィは音符の戦士たちを跳《は》ねのけながらウタの方へ身を乗り出した。大声でウタに向かって叫ぶが、歌にかき消されて届かない。必死なルフィを嘲《あざ》笑《わら》うかのように、ウタは人差し指を立てた。

指先から飛び出したレーザービームが、ルフィの身体を貫く。そこへ五線譜が絡《から》みつき、ルフィの身体をぐるぐる巻きにして、ステージの上まで運んだ。ぽとっとルフィの身体を落としたところで、曲が終わる。

ウタがたった一曲を歌い終えるまでに、麦わらの一味は全員拘束されてしまったのだ。

ウタの圧倒的な勝利に、そこにいた人々は熱狂しきっていた。

「お前、何やってんだ！　放せ――‼」

ウタは、すっとステージに降り立つと、ルフィを暗い瞳で見下ろした。

「ダメだよ、ルフィが海賊王になるのは……」

自分を縛《しば》る五線譜からなんとか逃《のが》れようと、ルフィは「んーっ！」と必死に身体をよじっている。

「みんなはさァ！　海賊をどう思う⁉」

ウタにあおられ、観客たちは口々に海賊への恨《うら》みを叫んだ。

「おれの街《まち》は海賊に焼かれた！」

「私の夫は海賊に殺された！」

「母ちゃんを返せ！」

「海賊要らない！　海賊追い出せ！」

これまでに自分を苦しめてきた海賊への憎しみを、観客たちは今、目の前のルフィにぶつけていた。

「プリンセス・ウタ！　ルフィはそんなことしねェ！」

ウソップが叫ぶが、ウタにも観客にも、言葉は届かない。

その時、ルフィを捕《と》らえていた五線譜が消えた。ルフィはすぐさま立ち上がり、ウタに向かって怒鳴《どな》った。

「ウター！　おれの仲間を‼」

バシャッ！

観客たちが、桶《おけ》にくんだ海水をぶちまけた。

ルフィは頭から海水を浴び、「あ、あァ～」と声を漏《も》らしながら、その場に倒れ込んでしまう。

「ウタちゃんに近づくな、海賊が！」

「海水で力が入らない能力者なんて怖くないぞ」

怒りの形相《ぎょうそう》を浮かべる観客たちに、「おい、やめろ！」とチョッパーが必死で叫ぶ。ウソップも「ルフィィ！」と名前を呼ぶが、ルフィは力が抜けて動けない。

観客席にいたヘルメッポは、焦っていた。海水をかけられてしまっては、ルフィはもうおしまいだ。このままでは反撃できず、ウタに捕まってしまう。

「もうだめだ」

見ていられなくなり、思わず立ち上がりかけたヘルメッポの手を、コビーが掴んだ。

「ここは大丈夫だ。ぼくたちは先の手配をしよう」

コビーの言葉通り、絶体絶命に思われたルフィに、救いの手が伸びた。

「バリアボ――ル‼」

叫びながら、ステージに飛び降りてきたのは――バルトロメオだった。

バルトロメオは、球体状のバリアで自分とルフィを包み込んだ。観客たちはバリアに阻《はば》まれて、二人に近づくことができない。

「ロ……ロメ男《お》？」

「ルフィ先輩、ウタ様はなんかヤベェべ。勝てる気がしねェべ」

バルトロメオは、全身をウタグッズで固めていた。ウタのファンで、偶然、このライブに来ていたらしい。

「おれは……負けてねェ」

ルフィが悔しそうにつぶやくのを聞いて、ウタは意地悪く笑った。

「出た、負け惜しみィ」

その時、周囲の色相が変化した。まるで、丸い何かに包み込まれたかのようだ。ん、とウタが瞬《まばた》きした次の瞬間、ルフィたちの姿が消え、代わりにゴトンと大きな石が現れた。

「消えた？」

「どこに行ったの？」

観客たちは戸惑《とまど》い、顔を見合わせる。

何者かがルフィとバルトロメオを助けたのだと気づいて、ウタは「ほかにも海賊が隠れていたのか……」と、無表情につぶやいた。

気がついた時には、ルフィとバルトロメオは、石造りの水道橋の上にいた。すぐそこにウタのライブ会場が見える。

「何だべ？　ここはどこだべ？」

バルトロメオが驚いていると、橋の袂《たもと》からトラファルガー・ローがゆっくりと歩いてきた。どうやらローが、〝シャンブルズ〟でルフィたちと水道橋の一部を入れ替え、助けてくれたらしい。

「おめェもウタ様のファンだったんだべか、トラファルガー」

「違う、付き合いだ……ベポの」

不本意そうに言うローの背後から、ベポがおもむろに姿を見せた。

「……。すんません」

ベポは全身ウタグッズで固め、「ＵＴＡ」と書かれた大きな電飾まで背負っている。

「トラ男……ありがとう。へへ」

UTA

ルフィは屈託《くったく》なく笑顔を見せたが、海水で濡れた身体にはまだ力が入らないのか、その表情は弱々しかった。ふらついたルフィの身体を、バルトロメオがあわてて支える。

「笑ってる場合か、麦わら屋。あの女の能力を解き明かさない限り……」

ローは一度言葉を切り、飛んできた海水のしぶきを迷惑そうに避《よ》けた。ルフィが、身体を犬のように震わせて、濡れた身体の水滴をはらったのだ。

「任《まか》せろ、ウタには184連勝中だ」

自信たっぷりに言うルフィだが、身体は脱力したまま、まだ動けそうにない。

その時、ルフィの背後で「あ、いた！」と声がした。振り返ると、ウタが宙に浮いている。突然ライブ会場から消えたルフィたちを探しに来たらしい。

ウタが来たのが嬉しくて、ベポはついつい状況を忘れて手を振った。

「いったん退《ひ》くぞ」

ローは、ベポを引きずって走りだした。バルトロメオも、動けないルフィを抱えて後を追う。逃げる四人を見送りながら、ウタは楽しそうに叫んだ。

「海賊が逃げたよ！　さァー、みんなで海賊狩りをやろー！」

ウタの一声に誘われ、観客たちがぞろぞろと姿を見せる。マーチングバンドの演奏に合わせ、列を組んで、ルフィたちの後を追った。その中には、コビーとヘルメッポの姿もある。

ヘルメッポは周《まわ》りに見られないよう、こっそりと電伝虫《でんでんむし》を操作した。しかし、相手は応答しない。

「SWORD《ソード》の電伝虫が反応しない」

「まずいな。ウタは本気であの計画を実行するつもりか……」

コビーがつぶやくと、前を歩いていた大柄《おおがら》な男が「ほう、SWORD《ソード》もウタに目をつけていたのか」と振り返った。CP-0《シーピーゼロ》のブルーノだ。

「サイファーポールだな？　何の用だ」

「やめなよ！　今は縄張《なわば》り争いをしている場合じゃない」

敵対心をむき出しにするヘルメッポをいさめると、コビーはブルーノの方へ向き直った。

「〝ドアドアの実〟は使えませんか？」

「……知りすぎじゃないか？」

「そっちこそ」

ブルーノはわずかに眉《まゆ》をひそめると、「使えるが、ここじゃあ体力の消耗が激しすぎる……」と答えた。

コビーは考え込んだ。このままウタを野放しにしておくわけにはいかない。

「どうする？　手遅れになるぞ」

ヘルメッポが眉間《みけん》にシワを寄せる。コビーは、五線譜に張りつけにされたままの麦わらの一味の方を仰《あお》ぎ見《み》た。

「戦力を集める。今はそれしか……」


エレジアの街はすっかり朽《く》ち果《は》て、ほとんど廃墟《はいきょ》と化している。

今にも崩《くず》れ落《お》ちそうな煉瓦《れんが》の建物の合間を縫うように、ルフィたちは旧市街を奥へ奥へと進んだ。

「まいったな。あいつら捕まっちゃった。線にくっついてるだけみたいだし、大丈夫だと思うけど……」

自分もそれどころではない状況のはずだが、ルフィは麦わらの一味の心配をしている。

そんなルフィを抱えて走りながら、バルトロメオは熱い涙を流していた。

「まさか、ルフィ先輩を運ばせていただくなんて……感動で前が！　前が見えねェべ……！」

ゴン！

前が見えないまま走るのは危ない。バルトロメオは、目の前にあった建物に気づかず、煉瓦の壁にまともに頭をぶつけてしまった。くらりと後ろに倒れそうになったバルトロメオを助けようと、ベポが間一髪《かんいっぱつ》のところでルフィの腕を摑む。

助かった、と思ったのも束の間《つかのま》。ありがとう、と言いかけたルフィの腕がぐにょんと伸びきり、結局バルトロメオもルフィもひっくり返って頭をぶつけてしまった。

「ぐお──」

「何やってんだ。早く逃げるぞ！」

痛がるバルトロメオを急《せ》かし、ローは先を急いだ。

勾配《こうばい》のきつい街を進み、斜面にそって段々に作られた建物を屋根から屋根へと飛び移る。

ふと振り返ると、エレジアの街並みが見渡せる高さまで到達していた。ウタに先導された観客たちのパレードが街の中を進み、空にはたくさんの音符の戦士が飛びまわっている。

みんな、ルフィたちを探しているのだ。

「うわ───！　なんかいっぱいだ！」

ルフィがのんきに喜ぶが、今はそれどころではない。

「このままじゃ囲まれるべ」

その時、「君たち」と声をかけてきた男がいた。

頭頂が禿《は》げあがり、両脇の髪だけを長く伸ばしたサングラスの男が、朽ちかけた聖堂の扉を少しだけ開けて、こちらに視線を向けている。

促《うなが》されるまま、ルフィたちは聖堂の中に入った。

室内は薄暗く、天窓から差し込む光だけが唯一《ゆいいつ》の光源だ。扉を閉めると、ほとんど外の音が聞こえない。ここなら安全そうだ。

「ふー、助かったべ」

バルトロメオがほっと息をつくと、サングラスの男はルフィたちの方へ顔を向けた。

「ルフィ君と言ったね」

「ああ。おっさんは誰だ」

「——私は、かつてこの国エレジアを治めていたゴードンという者だ」

「国って、この島、建物はあるけど人っ子一人いねェべさ」

バルトロメオは不可解そうにつぶやいた。ここへ来るまでの間に廃墟と化した街を通り抜けてきたが、建物こそ残っていたものの人が住んでいる形跡などは全くなかったのだ。

一体どういうことなのか——説明を求めるバルトロメオの視線に、ローが答えた。

「かつてエレジアは、世界一の音楽の都《みやこ》として栄《さか》えていたはずだ。ある日、一夜にしてすべて消え去るまでは」

「一晩で国が消えたって、どういうことだべ？」

「ある大物海賊に襲われたって噂《うわさ》だが……」

言葉を濁し、ローはゴードンに視線を向ける。

「……ウタの話をしよう」

自分からルフィたちをここへ招き入れたわりに、ゴードンの口調は重たい。

「国民がいなくなったエレジアで、ウタは私が育てた」

「おっさんが⁉」

ルフィが目を丸くする。

「しかし、ここにいるのは私とあの子の二人っきり。きっと、寂《さび》しかったのだろう。私の前では気丈に振る舞っていたが、一人になると、いつも仲間たちとの思い出の歌を口ずさんでいた。私はそんなウタをはげますように、彼女を世界一の歌い手にするため育ててきた。あの子のためにパイプオルガンを弾《ひ》き、楽譜の書き方を教えた。苦手な料理もウタのために特訓して――」

カタンという音に水を差され、ゴードンは言葉を切った。見ると、ルフィが椅子《いす》の上に木切れやら石やらを並べて遊んでいる。

「あのっ‼　聞いてるかね？」

「いいから話を進めるべ」

バルトロメオが先を促した矢先、今度は、パッパカパカパカパカパッパ〜〜！　と場違いに明るい音が鳴り響いて、ベポの服がカラフルに輝き始めた。ライブ用に着てきたコスチュームのスイッチを押してしまったらしい。ベポはすまなそうにスイッチを切り、ゴードンは気を取り直してまた話し始めた。

「あの子の歌声はまさに天からの贈り物だった。人々を幸せにし、世界を平和で包む力を持っていた。問題は、いつどうやって彼女の素晴らしい歌を世界に届けるか、だった。彼女は外の世界をほとんど知らずに育ったから」

だが、そのタイミングは意外な形で訪れた。二年ほど前、エレジアの海岸を歩いていた彼女は、偶然拾ったんだ。流れ着いた新種の映像電伝虫を。それは、音声と映像を、不特定多数に向けて発信できる代物《しろもの》だった。ウタは解き放たれたように、自分の歌声を外に向けて発信するようになった。彼女の声はファンを魅了《みりょう》し、まるで世界を覆い尽くすように瞬《また》く間《ま》に広まっていった。

だが、外の世界の現実を知るうちに、彼女の中に新《あら》たな自覚が芽生えていった。大海賊時代は戦争や血が絶えない。最初はただ歌を聞いてもらえば良かったのに、いつの間にかウタのことを救世主だと崇《あが》めるファンが増えていった。混沌《こんとん》とした時代に生きる人々は皆、あの子の歌声に救いを求めていたんだ。そこでウタは――」

ウォーターセブン、ローグタウン、アラバスタ――世界中の人々がウタの歌声を受け取り、電伝虫を通して、賛辞と感謝の言葉をウタに届けた。

――ウタ！　ありがとう！

――元気が出たよ！

――ウタのお陰《かげ》で明日からまた生きていけそうじゃ！

自分の歌を聞いて喜んでくれる人たちからの声は、孤独だったウタの心を勇気づけた。

「私も！　私も、みんなに喜んでもらえて、嬉しい……」

やがて、ファンたちから、ウタのもとに手紙が届くようになった。ウタの声は、海賊に虐《しいた》げられながら生きている人々の心を、綺麗《きれい》な花のように癒《いや》した。海賊たちに村を燃やされた怒りも、家族を傷つけられた悲しみも、助けを望めないむなしさも、ウタの曲を聞いている間だけは忘れることができる。――そんな人々からの手紙を読んで、ウタは初めて、エレジアの外には残酷《ざんこく》な世界が広がっていることを知った。

そして、決意したのだ。

自分の歌を愛してくれる人々のために、〝新時代〟を作ることを。

「頼む、ウタの計画を止めてくれ！　ウタの友人だったルフィ君ならできるはずだ！」

ゴードンの悲痛な叫び声が、聖堂の中に響きわたる。

しかしルフィはろくに聞いていない。石や木片を、いつの間にか頭の高さまで積み上げながら、「あいつ、どうしちまったんだろうなー」とひとりごとのようにボヤいている。

「計画というのは、このライブのことか」

ローが一歩前に進み出て聞く。

と、同時に、背後でパッパパー！　と陽気な音が鳴った。

またベポが妙なスイッチを押したのか、とあきれ交《ま》じりに振り返る。

するとベポは、手のひらに乗りそうなサイズまで、小さく縮んでいた。

「ベポ――――!!」

「くま――――!!」

ローとバルトロメオが、口をあんぐり開けて叫ぶ。

ベポは、つぶらな丸い目でローを見上げ、短い腕をぶんぶん振りながら「あちょー！」と何かを一生懸命に訴えている。

「動かないで。何でもできる私に勝ち目はないってわかってるよね」

聖堂の入り口が開き、ウタが姿を見せた。低い声で言いながら、こちらに向かって歩いてくる。外には、大勢の観客が立っていた。

「ウタ……」

ウタはすっと目を細め、冷たくゴードンをにらんだ。

「ゴードン。なんで海賊と一緒にいるの」

「ウタ、お前、なんでシャンクスの船降りたんだ?」

聞いたのは、ルフィだった。

「赤髪海賊団の音楽家って言ってたんだから、戻ればいいだろ。シャンクスのとこに」

「うるさい」

ウタはかすれた声で言うと、突如激昂《げっこう》して叫んだ。

「もうシャンクスの話はやめて!」

ウタの叫び声が、聖堂の中に反響する。ビリビリと空気が震え、衝撃波が巻き起こって、小さくなったベポが吹き飛ばされた。ルフィの麦わら帽子も舞い上がる。

「あ!」

ルフィの叫び声に反応して、バルトロメオが手を伸ばすが届かない。麦わら帽子はくるくると回りながら飛んでいき、ウタの真上でピタッと制止した。

ウタは一目見た時から、この帽子がシャンクスのものだと気づいていたのだ。

「ねえ、ルフィ。〝ひとつなぎの大秘宝《ワンピース》〟とか〝海賊王〟とか、シャンクスの帽子とかくだらない物は全部捨てて、私と一緒に楽しく生きようよ」

「おい、ふざけすぎだ！」

「おいしいもの食べて、チキンレースとか腕相撲やってさ。昔みたいに笑って過ごそ？」

「帽子、返せー！　シャンクスの帽子――!!」

ルフィは麦わら帽子に気を取られ、ウタの言うことをほとんど聞いていない。

「わかった。ルフィ、あんた、新時代には……要らない」

帽子を取り返そうと、ルフィはウタに向かっていこうとする。しかし、ウタの能力の詳細がわからないまま戦うのは危険だ。バルトロメオはルフィの肩を掴んで押しとどめ、ウタがその様子に気を取られた一瞬の隙に、ローが〝シャンブルズ〟を発動させた。

外に生えていた大木が、ルフィたちと入れ替わる。

突然、ルフィたちが消えたので、観客たちは「あれ、どこに行った？」「逃げたの？」と、ざわつき始めた。

「フーン、いろんな能力があるんだねェ」

不機嫌《ふきげん》そうにつぶやくと、ウタはにわかに気を取り直し、「まッ、いいか！」と笑顔になった。

「ゲームにしよう！　逃げた海賊を見つけ出してねー！」

ウタにあおられ、観客たちは我先《われさき》にと散っていく。

悪い海賊たちを捕まえてウタの前に引きずり出そうと、みんなはりきっていた。


〝シャンブルズ〟によって聖堂を脱出したルフィは、バルトロメオと共にバリアボールの中にいた。二人が入ったバリアボールを、ローがせっせと押しながら、坂になった道を登っていく。

「出せー！　帽子を取り戻す！」

「黙れ！　それができないからお前をこの中に入れてんだ！」

やかましいルフィにローが言い返す。バルトロメオは「でも、逃げてばっかじゃあ……」と不安そうだ。

「島の反対側から港に出る。ライブ会場には海兵や諜報《ちょうほう》機関の連中もいた」

「どういうことだべ？」

「世界政府や海軍は、ずっと前からウタの能力に目をつけ、ヤツを危険視していたってことだ」

「じゃあ、偵察に来ていたってことだべか」

「海軍はおそらくこの島の近くに来ている。誰か捕まえて吐かせれば、ウタの能力も……」

バルトロメオと話しながら、ローはふと足を止めて、背中に差した愛用の大太刀〝鬼《き》哭《こく》〟の位置を直した。しかしバルトロメオは、ローが立ち止まったことに気づかず、バリアボールの中に入ったまま歩き続けている。折しも別れ道に差しかかっており、バルトロメオはなぜか迷うことなく右の道へと進んだ。

「そっちじゃない！」

あわててローが声をかけるが、時すでに遅し。道の先が切り立った崖《がけ》になっていることに気づかず、バルトロメオはバリアボールに入ったまま崖から飛び出してしまった。

「な――！」

バリアボールはゴロゴロと、おむすびのように崖から転がり落ちていく。ボールの中でルフィともみくちゃになりながら、バルトロメオは「だ、大丈夫だべ。おれのバリアさ、すげーべ」と自分に言い聞かせた。

「あ、でも、止まんねェ～ッ！　ぎゃーッ!!」

ボールごとぐるんぐるんと回転して、ルフィはすっかり気持ちが悪くなり「おえ～～～!!」と吐きそうになっている。

バリアボールは一気に転がり落ちると、崖の下にあった廃墟をあちこち破壊しながら跳

ねまわり、

「たかーいんだべ―――!」

ぽーんと高く飛び上がり、高い塔の先端に引っかかってようやく止まった。

空を飛んでいた音符の戦士が近くを通り過ぎるが、バリアボールの効果で、そこにルフィたちがいることには気づかない。ニヤリとするバルトロメオだが、その隣でルフィは、吐き気の限界を迎えている。ルフィの顔色に気づき、バルトロメオはハッと青ざめた。

「ルフィ先輩! ガマン! ガマンしてけろ―――!!」

バルトロメオの大声で振動したせいか、バリアボールは塔の先端から外《はず》れ、またごろごろと転がり始めてしまった。


観客たちがルフィを追って聖堂を離れていき、ウタはゴードンと二人きりになった。

「ねぇゴードン、怒ってる? 相談もしないで、勝手にライブ開いちゃって」

悪びれずに聞きながら、ゆっくりとゴードンの方へ近づく。

「……ただのライブじゃないんだろ?」

「気づいてたんだ。なら応援してくれるよね」

「私は……私は……」

声をよじらせ、ゴードンはそれきり言葉を詰まらせた。

「そうやって逃げるんだ。気楽でいいよね」

「私は、お前にこんなことをしてほしくはない！　でも、今のお前がこの状況を楽しんでいることも知っている！　なあウタ、もっと良い方法があるんじゃないか？　ルフィ君に相談して……」

次の瞬間、五線譜が飛んできてゴードンの身体を拘束し、張りつけにした。

「しばらくそこにいてね」

「世界政府や海軍が黙っていないぞ‼」

「大丈夫だよ、これがあるから」

ウタは、古びた楽譜を取り出した。余白に骸骨《がいこつ》があしらわれ、美しくも禍々《まがまが》しい雰囲気《ふんいき》だ。ウタの手の中で、楽譜はみるみる小さくなっていった。

「……まさか……トットムジカ……」

「私、知ってたんだ。お城の地下に隠してあることをね。どうして捨てなかったの？　もしかしたらあなたにも、新時代の理想があったのかしら？」

薄笑いを浮かべながら、ウタは小さくなった楽譜をこれ見よがしに持ち上げた。耳の上に装着しているヘッドフォンのパーツを開き、カセットをセットするように、楽譜をそっと差し入れる。

「ウタッ！　使ってはいけない、それは!!」

ゴードンが必死に訴えかけるが、ウタはもはやゴードンと視線を合わせようともせず、聖堂の外に出るとまたどこかへと飛び去っていった。

「ウタ――――!!」

ゴードンの叫び声が、響きわたる。

ウタの姿が見えなくなる頃、白いフワフワした生き物が、ひょこひょこと聖堂の隅から歩いてきた。小さくなったベポだ。ゴードンとウタの会話をしっかり聞いていたベポは、

「アチョー……」と困ってつぶやいた。


ルフィとバルトロメオ、そしてローは、街を抜けてエレジアの港へとやって来た。

「海は広いべ～。大きいべ～。でも、海軍どころか誰もいねーべ」

目の前に広がる大海原を、バルトロメオがまぶしそうに見まわす。

港には、海軍の船はもちろん、商船や漁船なども一艘《そう》も停《と》まっていない。観客たちが乗

ってきたはずの船すら、どこにも見当たらなかった。

「ねェ！　サニー号がねェ！」

「ルフィ先輩の船が？」

ルフィが、サウザンド・サニー号を探して走りまわっていると、どこからか「サニー……」と猫のような鳴き声が聞こえてきた。

ふと下を見ると、小さな生き物がよじよじと、海から港に登ってこようとしている。

「サニ、サニ、サニ、サニ」

よいしょ、よいしょと港に上がった生き物は、ルフィに気づくと、抱っこを求めるように両手をバッと広げて「サニー！」と叫んだ。

「お前、サ、サニー号かァ⁉」

ルフィの口があんぐりと開いた。

顔の周りに広がった鬣《たてがみ》がひまわりのようにも見える、丸い目の生き物。ずいぶん小さくなってしまったが、サウザンド・サニー号の船首像《フイガーヘッド》にそっくりだ。

「これもウタ様の能力だべか⁉　もォー、頭がパニックだべ！」

バルトロメオは頭を抱えた。どうやらウタの能力で、ベポと同じようにサニーまで、小さく可愛《かわい》くされてしまったらしい。

ローはため息交じりに、水平線を見やった。

どうやらウタの能力には、想像を超《こ》えたからくりが潜《ひそ》んでいるようだ。


ルフィたちのいる場所からは、海の上に船一艘見つからなかった――が。

藤虎《ふじトラ》と黄猿《きザル》が率いる海軍は、間違いなくエレジアを包囲して上陸を開始していた。廃墟の街を調査しながら進み、やがてモモンガ中将の小隊がライブ会場へとたどりつく。

降り出した雨に打たれながら、モモンガはステージの上から場内を見まわして目を疑った。

「これは……なんだ……」

現実のライブ会場は、配信で見ていた夢のような世界とは全く違っていた。会場はボロボロで、客席には無数の観客たちが倒れ、雨に打たれている。その中には、コビーとヘルメッポの姿もあった。ベポとローも、仲良く額を寄せ合って、すうすうと寝息を立てている。

麦わらの一味は、升席で眠っていた。ジンベエは座り込んだまま、ブルックはうつぶせで、ゾロとサンジはなぜか並んで寝ている。ルフィも大の字になって、豪快に寝息を立てている。海兵たちが近寄って揺さぶっても、一向に目を覚ます気配がなかった。

『――こちら武装偵察第7班、エレジアに国民の情報なし。武装偵察第2班より連絡、敵対勢力は見つけられず』

『――武装偵察第4班よりモモンガ中将へ。観客たちの意識が戻らないそうです』

別部隊からの報告が電伝虫に入り、モモンガは呆然《ぼうぜん》として会場を見まわした。ライブ配信で見たライブ会場は真新しく、空は晴れ渡って、観客たちはみんな目をキラキラさせてウタの曲を楽しんでいた。だというのに、目の前の光景はすべてが真逆だ。

「まさか――……死んでいるのか？」

「寝てるだけ」

背後でウタの声がして、モモンガはハッと振り返った。

「でも起きないよ。絶対に」

ゆっくりと言いながら、ウタはステージをこちらへと歩いてくる。手に持ったバスケットの中には、妙な色をしたキノコと、ルフィの麦わら帽子が入っていた。

モモンガがとっさに部下たちに合図を出そうとしたのを見て、ウタは目を細めた。

「私を殺したら、ここにいるみんなの心は永遠に戻ってこないけど……それでもいいのかなァ」

海兵たちは、手に持った銃をウタに向けることができず、その場に立ち尽くす。

その時、海兵たちの背後から、藤虎が「お嬢さん」と声をかけながら前に出てきた。

「お嬢さんの悪魔の実の能力については、十分理解していやすよ」

「なら説明要らないよね」

ウタは海軍たちをあざけるように、「はーい、帰って！」と片手を振った。

「それにさ、どうせあと少しで私はこっちから消えるんだから」

そう言いながらバスケットを開け、麦わら帽子の下からキノコを取り出して一口かじる。

「この匂いは、ネズキノコですかい？」

藤虎の問いにウタはニヤッと親指を立て、モモンガは「ネズキノコ？」と首を傾《かし》げた。

藤虎は、下駄《げた》をにじりながら、淡々と説明した。

「そのキノコを食べた者は、眠ることができなくなり、やがて死に至る――」

「貴様！　観客たちを巻き込んで死ぬつもりか！」

モモンガに詰め寄られ、ウタは「死ぬって何？」と嘲笑《ちょうしょう》を浮かべた。

「大切なのは身体より心じゃないの？　新時代はみんな一緒に心で生き続けるものなんだよ」

「できれば血は流したくねェんで。やめてもらうことはできやせんか、あんたが狙ってる世界転覆計画を」

「え、なにそれ？　そんなことするつもりないよ、私はみんなに幸せになってほしいだけだって！」

ウタと藤虎の会話は、全く噛み合わない。

「どうやら話の通じる相手じゃあ、ないようですね」

藤虎がため息交じりに言うと、ウタは「あなたたちこそね」と笑って、すうっと息を吸った。

ウタが歌おうとする気配を察し、モモンガは「おっとォ！」と即座に反応して、イヤーマフを取り出した。ウタに対抗するため作られた、ヘッドフォン型の遮音《しゃおん》機能付き耳栓《みみせん》だ。

海兵たちも同じものを支給されている。

これを装着していれば、ウタの歌声は届かない――モモンガは勝ち誇ってウタと対峙《たいじ》した。

「歌声さえ塞《ふさ》げば、貴様は無力だ」

「お前さんを捕らえさせていただきやす」

と、藤虎も冷静に前へ進み出る。

しかし、ウタの表情は余裕のままだ。

「残念、もう遅いの」

ザッ！

客席から二つの人影が飛び降り、一人は「六式《ろくしき》」の〝剃《ソル》〟で、もう一人はククリ刀《とう》の一投で、そばにいた海兵たちをなぎ倒した。

コビーとヘルメッポだ。

「コビー大佐？　こいつァどういう了見《りょうけん》だい？」

藤虎が片眉を上げるが、コビーもヘルメッポも意識はない。眠ったまま、身体だけウタに操《あやつ》られているのだ。

ウタは数万人の観客たちに向かって、楽しげに叫んだ。

「みんなー！　悪い人たちがいるよ！　新時代のためにみんなでやっつけよう！」

ウタの呼びかけに応《こた》え、倒れていた観客たちが一斉に起き上がり始める。

観客たちは眠ったまま身体だけ操られ、海兵たちを襲い始めた。束《たば》になって飛びかかり、腕を伸ばしてイヤーマフを奪い取ろうとする。海兵の一人がとっさに銃を構えた気配を察し、藤虎は「傷つけちゃいけねェ！」と一喝《いっかつ》した。

「操られているのは罪なき一般市民だ！」

海兵たちは反撃できないまま、次々とイヤーマフを奪い取られていった。

その様子を見守りながら、ウタはすっと腕を伸ばし、歌い始めた。

〈ウタカタララバイ〉――トリッキーなメロディが高揚感をもたらし、病《や》みつきになるような中毒性を持つ曲だ。

歌声を聞いた海兵は、次々と眠りに落ちた。そして、むくりと起き上がり、近くにいる海兵たちを襲い始める。藤虎は、相手を傷つけないよう鞘に収めた刀で応戦しながら小競《こぜ》り合《あ》った。

ウタに操られた観客の中には、ブルーノやローもいる。ブルーノは、〝ドアドアの実〟の能力で藤虎の背後を取り、不意打ちを狙った。藤虎は即座に気配を察知し、振り向きざまに剣の柄《つか》を当て、ブルーノを吹き飛ばす。

ローは〝鬼哭〟を抜いて、海兵たちを次々打ちのめした。

ローも、ブルーノも、ヘルメッポも、コビーも、ほかの観客たちも――数万人もの人間が、ウタの思うがままに動いていた。そのほとんどが、ウタに心酔してここに集まった人々だ。

たくさんのファンを率い、海軍と戦いながら、ウタは力強く歌い続けた。

4

五線譜《ごせんふ》にとらわれた麦わらの一味たちは、なんとか自由になる方法はないかと、あれこれ試していた。

「クッソ、ダメだ。外《はず》れねぇ」

「情けねぇグルマユだな」

「お前だって外せてねェじゃねーか！　マリモ‼」

ゾロとサンジは、いつものごとく口喧嘩《くちげんか》を始めてしまう。

「フランキーとジンベエはどうだ⁉」

ウソップに聞かれ、フランキーは「びくともしねェ」と首を振った。

「わしもだめじゃ」と、ジンベエ。

「ブルックは？」

チョッパーが聞くと、ブルックは何やら身体《からだ》を踏《ふ》ん張《ば》らせながら「も、もう少しで……」と答えた。

「え」

「外れそうなの？」

一瞬、期待したナミは、続くブルックの「見えそうです。ナミさんのパンツが」という言葉を聞いて脱力した。聞き捨てならないサンジは「なにィ！」と真剣に首を伸ばす。

「見たらぶっとばす！」

ナミに警告され、ブルックはヨホホホホと朗《ほが》らかに笑った。

得体の知れない敵にとらわれて絶体絶命の状況だというのに、麦わらの一味たちは相変《あいか》わらずマイペースだ。

ほかの連中が力技《ちからわざ》で五線譜から抜け出ようとする間、一人冷静に思考を巡《めぐ》らせていたロビンが、「ちょっといい？」と口を挟《はさ》んだ。

「『歌にしてあげる』ってウタは言ってたわよね。もしかしたら、この五線譜に意味があるんじゃない？」

「確かに、何かのメロディーを表わしてるみたいですね」

ブルックが言い、ナミが「頭の位置がドレミになってるとか？」と聞く。

「ブルック、歌ってみてくれる？」

ロビンに頼まれ、ブルックは無念そうに首を振った。

「楽譜の全体が見えません。今の私に見えそうなのは……パンツだけです」

「うっさい！　見るな！」

ナミが足をバタつかせて抵抗する。

その時、五線譜の下の方から、「楽譜に目をつけるとはさすが麦わらの一味ですね」と若い男性の声がした。

コビーだ。〝ドアドアの実〟の能力でここまで来たらしく、ブルーノとヘルメッポも一緒にいる。

「あなたたち……どうしてブルーノと？」

ロビンが不思議そうに聞くが、コビーは「説明はのちほど」とはぐらかし、一枚のメモをブルックに見せた。そこには、麦わらの一味たちが張りつけにされている五線譜の音階が書かれている。

「はい、歌ってください」

「ミー、レー」

ブルックが音程を合わせて口ずさむと、ナミとサンジの身体がするりと五線譜から外れた。ミはナミの、レはサンジのいる音階の位置を表わしていたのだ。

「あ！　外れた！」

五線譜から落ちたナミは、下の方にくっついていたブルックを踏み台にしてぽーんと飛び上がり、その勢いのまま〝ドアドアの実〟の空間の中へと入った。サンジも後に続く。

「じゃあブルックさん、続いていきますよ！」

コビーが言い、ブルックはメモに書かれた音階を一つずつ歌いあげた。一音歌うたび、一人ずつ、五線譜から解放されていく。ジンベエは自分も解放されるのを待ちながら、改めてコビーの顔を眺《なが》め、「お前さんら、あの子の能力の正体を知っとるようじゃのう」とつぶやいた。

やがて麦わらの一味全員が自由になり、〝ドアドアの実〟の空間の中に避難すると、五線譜にとらわれているのはオーブンとブリュレだけになった。

「おい！　妹だけでも助けてやってくれねェか」

「この場だけでいい。海軍に協力するのが条件だ」

ヘルメッポに毅然《きぜん》と言われ、オーブンはチッと舌打ちをした。


その頃、聖堂に残されたゴードンも、なんとか五線譜から逃《のが》れようと頑張っていた。小さくなったベポに頼んで、なんとか楽譜通りに歌ってもらおうとするが、なかなか音程が合わない。

「ミー」

「アチョー」

「違う、それはレだ。私が歌うのをよく聞いて音を合わせてくれ。ミー」

「アチョー」

「惜しい。もう一度だ。ミー」

「アチョー」

「もっと高く。ミー」

「アチョー」

「もっと低く。ミー」

「アチョー」

そんなやりとりを何度か繰《く》り返《かえ》し、ようやくゴードンは五線譜から自由になることができた。苦労した分、喜びもひとしおだ。

「ありがとう。素晴らしいクマだ、君は」

ゴードンが膝《ひざ》をついてお礼を言うと、ベポは武闘家らしく拱手《きょうしゅ》して、「アイアイ！」と得意げに胸を張った。

ルフィは、再《ふたた》びバリアボールの中に入れられて、バルトロメオやローと共にエレジアを移動していた。

「おーえー、おーえー、おーえー……」

ルフィはまたバリアボールに酔って、吐《は》き気《け》と戦っている。バリアボールの上では、小さくなったサニーが、とことこと玉乗りをしていた。

「なんで……またこの中に……」

「ウタの能力がわからないのに、ルフィ先輩を自由にさせるわけにはいかねェべ」

バルトロメオがすまなそうに言い、同意するように、サニーも大きくうなずいた。

と、その時、一行の行く手に、大きな丸いドアが現れた。

ローは瞬時に反応して刀を構《かま》え、バルトロメオも「おォ?」と足を止める。

ドアを開《あ》けて出てきたのは、ブルーノとコビーだった。

「なんだおめェら」

「お……お前らも来てたのか」

元気のないルフィに、コビーは「お久しぶりです、ルフィさん」と頭を下げた。

「コビー……出して……ここから……」と、ルフィは息も絶え絶えになりながら頼んだ。

バリアボール酔いで、すっかり疲労困憊《こんぱい》しているようだ。

「どうやってここがわかった？」

ローが構えた刀を下ろしながら聞く。

「ルフィさんの存在を感じて」

「見聞色《けんぶんしょく》の覇気《はき》か」

「あとはブルーノさんの〝ドアドアの実〟の能力をお借りしました」

ルフィは今度はブルーノに向かって「ドアドア……出して……」とすがり、吐き気をこらえきれずに「おェ〜」と、えずいた。

「サイファーポールと海軍がつるむとは、どういう風の吹き回しだ？」

ローが、警戒した表情で聞く。

「皆さんが知りたいのは、ウタの能力についてですよね」

「ウタ様の力、知ってるだべか？」

「信じられないかもしれませんが、ぼくたちが今いるこの世界は現実ではありません」

目を見開くルフィたちの顔を順番に見やり、コビーは冷静に説明した。

「皆さんが見ているものは、すべてウタが〝ウタウタの実〟の能力で作り出した、意識の中だけの、架空の世界なんです。

〝ウタウタの実〟の能力とは、歌声を聞いた人間の心を〝ウタウタの世界〟に取り込む力。心を取り込まれた人間は、現実の世界ではなく、ウタが望んだ世界で生きているような気になります。まるで全員が、同じ夢を見ているかのように」

「……そういやウタのやつ、そんな力を持ってるとか言ってたなァー」

ルフィが今さら思い出し、コビーは「え？」ときょとんとした。

「だからかァ。あいつの歌を聞くと、いつの間にかみんな寝てるんだ」

「知ってたんなら早く言ってほしかったべ！」

「なはは、忘れてた」

ローはもどかしそうに、コビーの方へ顔を向けた。

「それで、現実の世界はどうなっている？」

「現実世界には、ぼくたちの身体だけが残っています。でもその身体は、ウタに支配されているはずです」

「どうやったら現実に戻れる？」

「ウタが眠れば、能力は解除されます。しかしすでに〝ウタウタの実〟の世界に取り込まれてしまったぼくたちは、現実のウタに手を出すことができません」

「じゃあ誰もウタ様に勝てないってことだべか？」

バルトロメオが聞くと、ルフィはすかさず「おれは負けてねェ！」と口を挟んだ。サニーは「サニー、サニー」と、肯定とも否定ともとれるような口調で鳴いている。

「悪魔の実の能力には必ず限界があるはずだが？」

ローが冷静に指摘すると、ブルーノは「その通り」とうなずいた。

「〝ウタウタの世界〟を維持するためには激しく体力を消耗する。おれが常《つね》に〝ドアドアの実〟の能力を使っていられないようにな。だから、ウタはすぐに体力の限界に達する。そこで、〝ウタウタの世界〟は終わる」

「じゃあ、ウタ様が疲れて眠ればいいいんだべか？」

「それは難しい」

ブルーノはしかめっ面《つら》で首を振った。

「ライブが始まる前、やつがネズキノコを食べるのを確認している。食べた者は眠れなくなるという代物《しろもの》だ」

「まもなく現実世界のウタは、体力が尽《つ》きて……死にます」

コビーの言葉に、ルフィは「死ぬ⁉　ウタが⁉」と声を裏返した。

バルトロメオも驚いたのか、バリアボールがパッと消え、ルフィは外に解放された。

「そうなれば、おれたちは解放されるのか？」

ローの質問に、ブルーノとコビーは暗い表情で首を振った。

「いや、逆だ」

「ウタが死ねば、この〝ウタウタの実〟による世界は閉ざされます。そして、その時〝ウタウタの世界〟にいる者――つまりぼくたちは、そのままになってしまいます。ファンを永遠に〝ウタウタの世界〟に閉じ込める。それこそが、ウタの計画なんです」

ウタは、自分を犠牲にして人々を永遠の世界に閉じ込めるため、今回のライブを企画したのだ。あまりのことに、バルトロメオは唖然《あぜん》とした。

「イカれてるべ、そんなの……」

「コビー」

ルフィは真剣なまなざしをコビーに向けた。

「どうやったらウタを止められる？」

「それを探るために潜入したのですが、何もわからないままです。ただ戦力はあった方がいいので、今ヘルメッポさんがここにいる海賊たちを集めています。それと、麦わらの一味は別行動を取っています」

「あいつら無事なんだな？」

声を明るくするルフィに、ブルーノが「連中はエレジアの城に向かった」と告げた。

「ニコ・ロビンが、はるか昔にこの島で起こった事件について知っていることがあるらしい」


トットムジカという歌がある。

すさまじい破壊力を持ち、ひとたび歌えば破滅をもたらすと言われる禁断の歌だ。

かつてエレジアで、〝ウタウタの実〟の能力者が、そのトットムジカを歌った。世界中の人々の心を取り込み、現実世界を滅ぼすために。しかし、何者かがそれを止めた――それが、以前ロビンが聞いた、エレジアに関する噂《うわさ》だ。

もしもその時の記録がこの国に残っていれば、〝ウタウタの実〟の能力の弱点がわかるかもしれない。そう考えた麦わらの一味は、コビーやヘルメッポの手引きのもと、旧市街にある古城へとやって来た。

「かすかすぎる望みだな」

ゾロは、城内の部屋を調べながら、ため息をついた。この広い城をくまなく探してみたところで、〝ウタウタの実〟の能力についての情報を得られるという保証はない。

「ロビンちゃんを信じろ、バカマリモ！」

サンジがすかさず噛《か》みつき、ゾロも「事実だろ、素敵マユゲ！」と言い返す。

その時、城に住むネズミに話を聞きに行っていたチョッパーが、「あっちに本がいっぱいの部屋があるって！」と二人を呼びに来た。

「マリモと違ってお前は有能だな、チョッパー」

「お前こそ何もしてねェだろ」

まだ言い合うゾロとサンジに、チョッパーは喧嘩《けんか》するなと言いたげに「む〜」と頰《ほお》を膨《ふく》らませた。


ウタの作った世界の中では、楽しいライブが続行中だ。

「みんなー！　海賊たちは放っておいて、私たちは新時代の誕生を待とう！」

「うぉー！」

観客たちは、自分たちがいる場所が現実ではないなどとは夢にも思わず、ウタのライブに熱中になっている。

ライブの音声は、エレジアの街《まち》を歩くルフィたちの耳へも、かすかに届いていた。

「現実世界でウタが死ぬまでの時間は？」

ローに聞かれ、ブルーノは「残り二時間もないはずだ」とこわばった声で答えた。早く手を打たなければ、全員、この世界から一生出られなくなってしまう。そして、ウタも体力を消耗して死んでしまう――


麦わらの一味は、城の地下にあった書庫の前へとやって来た。固く鍵のかかった扉を壁ごとぶち破り、室内へと足を踏み入れる。

「これだけ防音がしっかりしていたら、ウタの能力も届いてなさそうね」

壊れた壁の厚さを確認しながらロビンが言い、「歌声が届かぬところは大丈夫と、海軍のヤツも言っておったからの」と、ジンベエも同意した。

本棚には、埃《ほこり》をかぶった楽譜や書籍がずらりと並んでいる。

「これ、全部、昔の記録？」

「こんなにあるのに、どうやって探すんだよ」

ナミとウソップが話していると、突然、背後で鈍《にぶ》い音がした。

振り返ると、壁際《かべぎわ》に古い彫像《ちょうぞう》が三体、置かれている。彫像たちはおもむろに立ち上がり、ゆっくりとウソップの方へ向かって歩いてきた。

「動いた!」

ウソップがぎょっとして叫ぶ。

彫像は手にした槍《やり》を構えると、タンと床を蹴《け》り、一気に距離を詰《つ》めてきた。

「うわあああ〜〜!」

チョッパーが悲鳴をあげて逃げまどい、フランキーは本棚を調べていたロビンをかばうように立ちはだかる。

「三刀流、極虎狩《ウルトラが》り!」

ゾロは刀を抜くと、手前に来た彫像を一太刀《ひとたち》で切《き》り伏《ふ》せた。

サンジも飛び上がり、足に炎をまとって彫像を蹴り上げる。

「悪魔風脚《ディアブルジャンブ》・揚げ物盛り合わせ《フリットアソルティ》!」

続いてフランキーが、

「ストロング右《ライト》!　ウエポンズ左《レフト》!」

と、激しいパンチで彫像を粉々に砕いた。

しかし、書庫の奥には、まだまだたくさん彫像が眠っている。泥棒から本を守るために、この城の主が用意したのだろう。

彫像たちは次々と目を覚まし、襲《おそ》いかかってきた。多勢に無勢の戦況に、ロビンは本棚

から目を離して加勢しようとする。しかし、ナミとウソップに止められた。

「ロビンは本を探して！」

「ロビン！　指一本触れさせねェから安心しろ！」

確かに、多勢に無勢の影像を相手に戦うより、一刻も早く〝ウタウタの実〟に関する本を探してくれた方がいい。

仲間たちに守られながら、ロビンは手掛かりを求めて書庫を調べまわった。しかし書棚にそれらしい資料はない。

やはりここにも手掛かりはないのか——焦燥感《しょうそうかん》に駆られつつ顔を上げ、天井に描《えが》かれた美しいフレスコ画に目を留《と》めて、ロビンはハッとした。

絵の中には、古代文字の文章がさりげなくちりばめられている。そしてその中には、『トットムジカ』と読める文字列があったのだ。


会場に響きわたるバンドの生演奏、尽きることのない食べ物、そしてウタの力強い歌声——人々はウタのライブに熱狂していたが、それは〝ウタウタの世界〟すなわちウタワールドでのみの出来事だ。

現実の世界では、人々は意識を失って雨に打たれ、ウタは海軍たちを追い払った会場で、一人、ネズキノコをかじっていた。

「もうすぐ……悪い人たちがいない、新時代がやって来る」

前髪を伝って落ちる水滴を見つめながら、ぽつりとつぶやく。

そんなウタの様子《ようす》を、会場の外から偵察する人影があった。

CP《シーピー》-0《ゼロ》のカリファだ。

「聞こえますか? ウタの命は保《も》ってあと一時間。しかし、心を奪《うば》われた映像電伝虫《えいぞうでんでんむし》が暴走中。〝ウタウタの世界〟の映像を流し続けています」

映像電伝虫が発信しているのは、現実の光景ではなく、ウタワールドで行われている楽しいライブの様子。ウタワールドは、映像電伝虫にも有効なのだ。

「音声が切られていないと危険です。歌声を聞いた瞬間に、心を取り込まれてしまいます」

ロブ・ルッチは、カリファからの報告を受けて、五老星《ごろうせい》に状況を伝えに行った。

「――ウタがライブを始めてから六時間を超えました。犠牲者の数は、加速度的に増加中。あと一時間この状態を放置すれば、全世界の七割が〝ウタウタの世界〟の住人となる計算です」

ルッチが淡々と報告すると、五老星たちはそろってうろたえ始めた。

「七割⁉　想定外だ」

「まさに世界滅亡の危機ではないか」

「なんとかして止めねば！」

五老星たちはしきりに顔を見合わせ、なんとかウタを止める方法はないかと、話し合いを始めた。


全力で歌い続け、激しいダンスをこなしても、ウタは汗一つかかなかった。観客たちも全《まった》く疲れない。ウタワールドでは、すべてがウタの思うがままだ。

ウタがステージから観客に手を振っていると、太った男が警護の男たちを引き連れて、ずかずかとステージの上に踏み入ってきた。

「だえ～」

きょとんとするウタに、男は無遠慮に話しかける。

天竜人《てんりゅうびと》のチャルロス聖《せい》だ。

「気に入ったえ～。ウチに来て、わちしのために子守唄を歌うだえ～」

チャルロス聖も、配信でウタのライブの様子を見て心を奪われ、このウタワールドへとやって来たのだ。

突然の天竜人の登場に、客席は一気に静まり返った。各々《おのおの》、掲《かか》げていたペンライトの光を消して、神妙にする。

「どうしたの、みんな？」

不思議そうにするウタの前に、警護の男たちが進み出た。

「チャルロス聖様が貴様をご所望《しょもう》だ。ご厚意に感謝しろ」

「十億でお前を買うえ～」

両手を広げて言うチャルロス聖に、ウタはポンと手を叩《たた》いた。

「もしかして！　あんたが天竜人っていうやつ⁉　知ってるよ、本にのってた。世界の支配者とか言って、誰でも奴隷《どれい》にしたがる、世界一の嫌われ者でしょ？」

ウタの物言いに、観客たちは顔色《がんしょく》を失った。天竜人にたてつくなんて、自殺行為だ。

チャルロス聖はウタの言っていることがよくわからなかったらしく、「あああ？」と目元をピクピクさせて困っている。

愚鈍《ぐどん》なチャルロス聖に代わり、護衛が口を開いた。

「いい加減にしろ。天竜人の逆鱗《げきりん》に触れるぞ」

「あなたたち、海軍だよね。わざわざ休みとって来てくれてありがとう！」

「そんなことより、チャルロス聖様のお言葉に従い聖地へと……」

「ヤだ」

さっくり断《ことわ》られ、チャルロス聖は「ふぇっ!!」と目を見開いた。誘いを拒否されるなどとは、夢にも思っていなかったのだ。

「ここではみんな一緒！　天竜人のおじさんも、みんなとおんなじだよ。これから仲良く過ごそうね！」

「おじさん!?」

チャルロス聖はウタをにらむと、隣にいる護衛に向かって横柄《おうへい》に命令した。

「この女、死刑だえ～」

パパパパパパパ！

護衛たちが、ウタに向けて銃を連射する。

しかし、ここはウタワールドだ。放《はな》たれた銃弾がウタを殺すことはない。

「だからァ、そういうのは意味ないんだって」

護衛たちは必死に銃を撃ち続けたが、ウタは音符に守られて、傷一つつかなかった。

チャルロス聖は忌々《いまいま》しげに自分の銃を出すと、護衛たちに向けて引き金を引いた。

パン！　パン！

至近距離から放たれた銃弾が、護衛たちの身体を貫く。

「使えないやつは、もう要《い》らないえ～」

「なんてことするの！」

ウタは倒れた護衛に駆け寄ると、傷口に手を添えた。

「大丈夫？　私が助けてあげるからね」

ウタの手のひらから音符があふれ、傷口をみるみるうちに塞《ふさ》いでいく。その様子を見て、チャルロス聖はますます憤慨《ふんがい》した。

「海兵ども、何見てるだえ！　このガキを殺すだえ～！！」

会場にいた海軍たちが、あわててウタの方へ向かっていく。

ウタはイラついて、ステージの床をガッと乱暴に蹴った。

「あんたたち海軍は、正義の味方を名乗ってるんじゃないの？」

正義の味方としてこの世の秩序を守るべき存在の海軍が、どうして天竜人の横暴を許すのか――ウタに強くにらみつけられ、海軍たちは視線を逸《そ》らしながらおずおずと弁明した。

「……天竜人は、この世界の神に等しい」

「そっか！　本当はこんなやつの命令は聞きたくないんだね！　だったら平気だよ。新時代では、天竜人とか奴隷もみんな同じ、仲間なんだから！」

ウタの言葉を、チャルロス聖が「同じだと？」と聞きとがめる。

「汚《けが》らわしい!!　お前ら、早く殺すんだえー！」

残っていた護衛や海兵たちは、仕方なくウタを取り囲んで銃を向けた。

「悪く思うなよ」

その時、ステージからスモークが噴出して、ウタの姿を覆《おお》い隠《かく》した。視界が塞がれ、海軍たちが一瞬ひるんで立ちすくむ。その隙《すき》をつくように五線譜が飛び出し、あっという間に海軍や護衛たちを張りつけにして、会場の上空で制止した。

「……あれ？」

空を見上げ、ウタはぱちぱちと瞬《まばた》きした。いつの間にか麦わらの一味たちがいなくなっている。五線譜で捕獲しておいたはずなのに、一体どこへ行ったのか——

ドン！

ウタが五線譜に気を取られた隙に、チャルロス聖が性懲《しょうこ》りもなくまた発砲した。しかし、何度やっても同じことだ。この世界では、銃弾でウタを傷つけることはできない。

護衛も海軍もいなくなり、チャルロス聖を守る者は誰もいない。

ウタはチャルロス聖に向けて音符を放った。

「ヴォフ!」

ひっくり返ったチャルロス聖のアゴに、さらに別の音符が炸裂《さくれつ》する。

「ゲァ————!」

チャルロス聖は吹き飛んで、どすんと床の上に落ちた。音符はどんどん飛んできて、チャルロス聖の身体を吹き飛ばす。

「覚えていろ……ヴゥエ〜〜!」

捨《す》て台詞《ぜりふ》もまともに吐けぬまま、チャルロス聖は遥か上空まで投げ上げられ、五線譜に引っかかった。

これでもう、天竜人の邪魔は入らない。楽しいライブを、永遠に続けられる。

「みんな! もう天竜人なんて怖《こわ》がることはないよ!」

しかし、観客たちの顔は浮かないままだ。ウタはきょとんとして、不思議そうに観客席を見まわした。

「どうしたの? 心配しなくていいんだよ?」

静まり返った客席で、一人の女性が立ち上がって叫ぶ。

「あの! こんなことしたらまずいよ、ウタ! 天竜人に手を出したら、世界政府や海軍が襲ってくるよ！」

「大丈夫だって!!」

観客たちは、ここがウタワールドだとは知らない。現実の世界では、天竜人に手を出した者は世界政府や海軍に追われることになる。

そう——現実世界では、ライブが永遠に続くなどということはありえない。楽しい時間も、いつかは終わる。ウタのライブが特別なのは、退屈で単調な日常があるからこそだ。

「……ごめん、ウタ！　ぼく、そろそろウチに帰らなきゃ」

ヨルエカはおずおずと言って、海に浮かんだボートに乗り移った。

「羊《ひつじ》たちの面倒をみないといけないんだ。ありがとう、楽しかったよ」

「ちょっと待って。意味がわからないんだけど」

え、と首を傾《かし》げるヨルエカに、ウタはまくしたてた。

「なんで苦しくて辛《つら》い生活に戻ろうとするの？　ここで楽しく生きていけるのに。それより さ、誰か、上に捕まえておいた海賊知らない？」

上空の五線譜を指さす。ウタはライブやルフィを追いかけるのに夢中で、麦わらの一味がコビーたちによって解放されていたことに気づかなかったのだ。

そのコビーは、〝ドアドアの実〟の能力で、ブルーノと共に会場に到着したところだった。

ステージの上に丸いドアが現れ、中からブルーノとコビーが出てくる。

「ウタさん、もうこんなことは終わりにするんだ」

コビーは懸命にウタを説得し始めた。

「あなたも海軍？　天竜人を助けに来たの？」

「ぼくはみんなを救うために来た。すべての人々の心を、現実の世界に今すぐ返すんだ」

「なんで⁉　みんな苦しんでるのに、なんで⁉」

「それは……」

率直《そっちょく》に聞き返され、コビーは口ごもった。

海軍として海賊と戦うコビーは、現実の世界がいかに残酷《ざんこく》なものであるかよく知っている。それなのに、どうしてこの素晴らしいウタワールドを終わらせて、現実の世界に戻らなければいけないのか——コビーはすぐに答えることができなかった。

その時、

「あれ、コビー大佐じゃねーか？」

観客の一人が、コビーに気づいた。

「おー！」

「本当にコビー大佐だ！」

「コビーさーん!!」

観客たちの反応に、ウタは「有名な人なの？」と首を傾げる。

「ロッキーポート事件で民衆を救ってくれた英雄じゃよ！」

観客のおじいさんが誇らしげに言うと、客席からは一斉《いっせい》に拍手が上がった。

「そうなんだ。私、ずっとこのエレジアにいたから、普通のニュースよく知らなくってさァ」

「あ、いや……」

対応に困って口ごもるコビーに、黙って聞いていたブルーノが「おい、英雄」と声をかけた。

「おれは能力を使いすぎた。お前から伝えろ」

「はい」

コビーはうなずくと、ステージから延びる花道の方へ進み出た。ブルーノは、隅に座り込んでその様子を眺《なが》めている。確かに〝ドアドアの実〟の能力を使いすぎて疲れているようだが、それだけでなく、この見せ場をコビーに譲《ゆず》ってくれたのかもしれない。

「皆さん、聞いてください！　実は、ぼくたちがいるこの世界は、現実ではありません！ここは、ウタが悪魔の実の能力で作り出した架空の世界です。その能力とは強力な催眠術のようなもので……」

コビーは声を張り上げ、今のこの複雑な状況を観客たちに伝えるために言葉を尽くした。

〝ウタウタの実〟の能力のことも、もうすぐウタワールドから出られなくなることも。

「皆さんは、騙《だま》されているんです。ここから今すぐ脱出するべきです！」

ここが現実世界ではない――などとは、あまりに突拍子もなくて、観客たちもすぐには状況を飲み込めない。「脱出？」「どういうこと？」と困惑《こんわく》する声が漏《も》れ聞《き》こえてくる。

ロミィは、ウタにもらったぬいぐるみを抱きしめ、目に涙を浮かべた。

「ウタ、本当にだまして閉じ込めたの？」

「騙してない！　私はみんなを騙してなんかないよっ！」

ウタはぶんぶんと両手を振った。

「違うよ、みんな！　私はみんなが幸せになるように導いてるだけ」

ロミィが「え？」と眉《まゆ》をひそめる。

ウタが、ここが現実世界ではないこと自体は否定しなかったので、観客たちは顔を見合わせてヒソヒソとささやき合った。

「どういうこと？」

「閉じ込めたってのは本当かも……」

「なんで……」

「どうして……？」

みんなが困惑する中、ウタだけはいつもの笑顔だ。

「ここは、みんなが望んでいたトコだよ。大海賊時代はもうおしまい！　平和で自由な時代が来るんだよ！　最高でしょ⁉　食べ物や楽しいことはいっぱいある！　そして、ひどいことをする人や、病気や苦しみはないんだよ⁉」

ひといきに言うと、ウタはパンと手のひらを打ち鳴らした。

すると、会場内がひときわ明るく輝き、光の粒がちかちかと舞い落ちながら、ぬいぐるみやクッションやごちそうに姿を変えた。

「うん、ここで生きていった方が幸せか」

「私もそう思う！　外の世界なんてうんざり！」

ウタの信念に賛同する観客は少なくないようだ。

しかし一方で、多くの観客たちは、沈んだ表情のままだ。

「だけど仕事あるし……」

羊を心配するヨルエカの方へ、ウタはぐっと身を乗り出した。

「だから！　仕事なんてしなくていいんだって！」

「それでも！　ずっとは困ります」

「がんばってきたこともあるし……」

「遊んでばっかりってのもなぁ」

「ついていけないかも。いくらウタでもさぁ」

自分が幸せでいられる場所に居続けたい者、居心地の良い世界を離れ現実に帰りたい者
——観客たちの意見は真っ二つだ。

「ウタさん、あなたの計画を中止するべきです……」

説得しようとするコピーを遮《さえぎ》り、ウタは「ちょっと待って、みんな！」となおも呼びかけた。

「みんなは、自由になりたかったんじゃないの？　病気やいじめから解放されたいってのはウソ？　海賊におびえずに済《す》む毎日が欲しいって言ってたじゃない！」

「帰りたいっつってんだろ！」

観客の男が吐《は》き捨《す》てる。

「……え？」

ウタは表情を凍《こお》りつかせた。みんなが幸せになれると思ってやったことなのに、怒っている人がいる。この計画のために命までささげたのに、どうして喜んでもらえないのだろ

う。

呆然《ぼうぜん》とするウタの耳に、激しく言い合う観客たちの声が流れ込んでくる。「やめなよ。ウタはみんなのためにやってくれたんだよ」「おれ、頼んでねーし」「あたしも帰りたい！」「あんたら、うるさい！」「ウタに賛成！」「やだよ」「学校好きだもん！」「それ関係ないでしょ」「やりすぎなんだよ、ウタは！」「あァ⁉　なんだ、コイツ」——

そうか。

この人たちは、足《た》りないんだ。これだけじゃ、まだ幸せになれないんだ。

もっともっと与えなきゃ。

ウタは顔を上げた。

「そっか！　ごめん、わかったよ‼　もっと楽しいことがあればいいんだね！」

明るく言ったウタの身体から、光が放たれて会場中を包み込む。それに反応するかのように、人々の身体も光り始めた。

そして——

ポン！　ポン！　ポン！

観客たちは、次々と変身していった。ぬいぐるみ、ケーキ、イチゴのクッション、コスメ——カラフルで可愛《かわい》らしいものばかりだ。

「ほら！　これでみんな、楽しい気分になれるでしょ⁉」

観客たちは悲鳴をあげて、駆け出した。しかし、そうしている間にも、どんどん姿を変えられていく。ロミィもネコのぬいぐるみに変えられてしまった。

ブルーノは即座にドアを出し、コビーと一緒にドアの内側へ逃げ込んだ。

「みんな、平和で自由な新時代で、ずっと一緒に楽しく暮らそうね！」

ポン！

五線譜にとらわれていたチャルロス聖までもが、姿を変えられた。トッピングたっぷりのアイスクリームだ。会場は可愛いもので埋《う》め尽《つ》くされ、その光景を見てウタはうっとりと微笑《ほほえ》んだ。

辛い世界に苦しんでいたファンはもういない。みんな、可愛くてキラキラした、新しい自分に変わった。

これできっと、今度こそ幸せになれたはずだ。


ライブの様子を確認していた五老星は、チャルロス聖がアイスクリームに変えられたのを見て、一斉にガタッと立ち上がった。

「チャルロス聖が！」

天竜人にまで手を出されては、さすがに傍観《ぼうかん》しているわけにはいかない。

五老星は、いよいよ決断を迫られた。

「これ以上の犠牲は出せぬ。決断せねばなるまい。たとえ天竜人が関わっていようと……」


ルフィとロー、バルトロメオは、旧市街の民家に身を潜《ひそ》め、ウタの説得に向かったコビーたちが戻ってくるのを待っていた。

やがて〝空気開扉《エアドア》〟が現れ、ドアが開いた。コビーに続いて、黒い小さな生き物が出てくる。小さな体に、短い手足と大きなツノが生《は》えていて、なんとも可愛らしいフォルムだ。

「なんとか逃げられたな……」

ブルーノの声だ。

「お前、誰だべ！」

バルトロメオに笑われ、ブルーノはムッとした表情を浮かべた。が、なにしろ小さくて可愛いので、怒っていても迫力がない。ブルーノは、ウタの能力を食らって、手のひらサイズの小さな生き物へと変身させられてしまったのだった。

「コビー、ウタに会えたのか？」

ルフィが聞いた。

「それが……」

コビーが言葉を濁し、ローは「どうやら説得は失敗だったようだな」と察して言った。

「そっちは？」

ブルーノが聞くと、バルトロメオは「見るべ」と得意げに民家の外をあごでしゃくった。

そこには、ブリュレとオーブン、そしてクラゲ海賊団の面々が集まっている。ウタの五線譜から助け出した見返りとして、協力してもらうことになったのだ。

「うォ————！　やるぜ————!!」

クラゲ海賊団たちは気合たっぷりだが、オーブンはルフィがいるのを見てあからさまに顔をしかめた。

「ちょっと待て。麦わらと手を組むとは聞いていない。死んでもごめんだ」

ブリュレもうなずき、「じゃあね」と鏡を出して去っていこうとする。

「おい！　待て！」

ヘルメッポがあわてて引《ひ》き留《と》めるが、ブリュレは「ウタを倒すのは勝手にやらせてもらうよ」と言い残し、オーブンを鏡で吸い込んで、自分も鏡の中へ消えてしまった。

部屋の隅で見ていたサニーが、あらら、と言いたげな表情を浮かべる。

「おれの仲間は？」

ルフィに聞かれ、バルトロメオは首を振った。

「まだ戻ってきてないべ」

「あいつらがウタの弱点を見つけてくれないと、勝負にならない」

ローが深刻な表情で言い、ブルーノは「あァ……ドアドアの能力も、この身体じゃあ……」と、可愛くなった我が身を嘆いた。バルトロメオも浮かない表情だが、ルフィだけはいつも通りだ。

「大丈夫、あいつらなら」


その頃――麦わらの一味は、書庫を守る影像と戦い続けていた。

「回転《ローリング》・火薬星《かやくぼし》！」

「柔力強化《カンフーポイント》！」

「蜃気楼《ミラージュ》――テンポ！」

ウソップ、チョッパー、ナミが、それぞれの得意技で影像たちを足止めする。

奥の方から現れた、ひときわ大きな二体の影像の相手は、ゾロとサンジが引き受けた。

「悪魔風脚《ディアブルジャンブ》！　――首肉《コリエ》ストライク！」

サンジのキックを首に食らい、影像はふらついてその場に倒れていく。

ゾロも、刀を振りかぶって高く飛び上がった。

「一刀流！　馬鬼《バキ》！」

美しい刀の一閃《いっせん》が、影像の右腕を砕く。

仲間たちが影像を引きつけて時間を稼ぐ間、ロビンは天井画に隠された古代文字の解読を続けていた。

「人のおそれ、人のまよい、トットムジカの名のもとに……」

ロビンは頭をフル回転させ、古代文字を読み進めた。

あまり時間はない。影像は、あとからあとから際限なく現れる。

ブルックは抜刀《ばっとう》すると、軽い体重を生かして風のように敵陣に突っ込んだ。

「魂《ソウル》のパラード、アイスバーン！」

鋭い剣先が、音楽のように滑《なめ》らかに敵を切り伏せていく。

「魚人空手《ぎょじんからて》、鮫肌掌底《さめはだしょうてい》！」

ジンベエが掌底で敵を吹っ飛ばせば、フランキーは、

「ラディカルビーム大回転《ジャイアントスラローム》！」

とド派手なビームを撃《う》って、景気よく彫像を壊していく。

麦わらの一味たちがあまりに自由に暴れまわるので、古城はだんだん耐えられなくなって、崩落《ほうらく》を始めた。ぱらぱらと瓦礫《がれき》が落ちてきたかと思うと、壁が剝《は》がれ、天井も落ち始める。

「やばい、崩《くず》れてきた！」

チョッパーは右往左往し、ゾロは土煙の中で、「誰だ、こんなトコで派手にやったヤツは！」と怒鳴《どな》った。

「スーパーすまねェ！」

フランキーが正直に申告する。城が崩れ始めたのは、八割がたフランキーのビームが原因だ。

「生き埋めになります！　あ、私、生き埋め似合いそう！」

ブルックがどうでもいいことを叫ぶが、今はそれどころではない。崩落は止まらず、全体が倒壊してしまうのも時間の問題だ。

こんな状況でも、ロビンは恐るべき集中力で、天井画の古代文字を読み解いている。落ちてきた瓦礫がロビンを直撃しそうになったのを見て、ナミはとっさにゼウスを呼び寄せた。フン！　とゼウスが雷《かみなり》を吐き、瓦礫を砕いてロビンを守る。

なんとかここから脱出する方法はないか——冷静に周囲を見まわすと、ナミは書庫の片隅に鏡が置いてあることに気がついた。

「ブリュレ！　あんた、いるんでしょ⁉　鏡に入れて！　〝鏡世界《ミロワールド》〟に！」

しかし、鏡は反応しない。

ナミはイラッとして、「無視すんじゃないわよ」と声を低くした。

「こっちの情報がないと、あんたらもみんな〝ウタウタの世界〟から出られなくなるわよ。大好きな家族や友達にも二度と会えない。それでもいいの⁉」

最後の一言が効いたのか、鏡の中で人影が揺れ、ようやくブリュレが姿を現した。顔をゆがめ、子供のように泣いている。

「家族って、カタクリお兄ちゃんにも⁉　カタクリお兄ちゃんにも会えなくなる⁉」

「え？　ええ……」

ナミが引き気味にうなずくと、ブリュレは「ム〜〜」と身体を震わせた。

短い葛藤《かっとう》の末、遺憾《いかん》ではあるものの麦わらの一味たちを助けることに決め、鏡の中へと招き入れる。

一味たちは次々と鏡の中に飛び込み、そのまま鏡の中を移動して、民家にいるルフィのもとへと向かった。


「お前ら、無事だったか！」

仲間たちが次々と鏡の中から姿を現したのを見て、ルフィは嬉《うれ》しそうに立ち上がった。

「ルフィー!!」

「サニー!!」

チョッパーとサニー号が、再会を喜んで飛びはねまわる。お互いのタイミングが悪く、二人は、ゴン！　と頭をぶつけてしまった。

「なんだ、こりゃあ」

訝《いぶか》しげにするゾロに、ルフィが「サニー号だ」とあっさり告げる。

「あ？」

ピンと来ていないゾロをしりめに、ナミは「可愛いー！」と大はしゃぎでサニーの顔をのぞきこんだ。フランキーも、「どんな改造しやがった!?」と驚きつつ興味津々《しんしん》だ。

再会を喜ぶ麦わらの一味たちの様子を見ながら、オーブンは舌打ちを嚙《か》み殺《ころ》した。

「戻ってくるはめになっちまうとは」

「ごめんね、オーブンお兄ちゃん」

ブリュレがすまなそうに謝る。

コビーは前に進み出ると、ロビンに声をかけた。

「ロビンさん、ウタを倒す方法はわかりましたか？」

「昔の記録によると、〝ウタウタの世界〟に取り込まれた者は、自分の力で現実に帰ることはできない。絶対に」

ロビンは古い本を開いて見せた。「ただし、〝ウタウタの実〟の能力者がトットムジカを使えばチャンスは訪れる」

「トットムジカ？」と、ルフィ。

「古代から続く、人の思いの集合体。寂《さび》しさや辛さなど、心に落ちた影。〝魔王〟とも呼ばれる……」

ロビンが説明すると、コビーは「それは兵器なんですか？」と首を傾げた。

「〝触れてはならない者〟としか読み取れなくて……」

「そのトットムジカとやらを、〝ウタウタの実〟の能力者が使った時、どんなチャンスが？」

と、ローが聞く。

「記録によると、トットムジカを使い呼び出された魔王は、この〝ウタウタの実〟によるウタワールドだけじゃなく、現実の世界にもその姿を現すみたい。そのため、魔王を接点としてウタワールドと現実が繋《つな》がってしまうらしいの。その時、魔王を二つの世界から同時に攻撃すれば、魔王を倒しウタワールドを消すことができる」

現実の世界と協力すれば、ウタワールドを消すことができる——ロビンの言葉に希望を感じたのか、ブリュレは腕組みをして「本当かい？」と詰め寄った。

「上手《うま》くいったことがあるから、記録として残したんだろ？　やってみるしかねェ」と、オーブン。

「でも現実の世界じゃ誰がウタ様を攻撃するんだべ？」

「確かにおれたちは全員、〝ウタウタの世界〟にいる。現実世界のウタを攻撃できるとしたら海軍かサイファーポールくらい……」

言いながら、それが不可能であることに気づいて、ヘルメッポは表情を暗くした。コビーが、無理です、と冷静に告げる。

「一般市民を傷つける恐れがある以上、海軍は手を出せません。せっかくの情報ですが、現実世界に誰かいなきゃ……」

「一人いる」

聞きなれない声が、口を挟んだ。見ると、ゴードンが、肩の上にベポをのせて立っている。ベポはローに気づくと「ベポー！」と嬉しそうな声をあげ、それを聞いたサンジは「ベポ？　あれが？」とぽかんとした。

「それに誰だ、あのおっさん」

不思議そうに聞くウソップに、バルトロメオが「ウソップ先輩、ウタ様の育ての親、ゴードンさんだべ」とささやく。ウソップは「え!?」と目を丸くした。

ゾロは、見極《みきわ》めるように、じろじろとゴードンをにらんだ。

「おい、一人いるってのは誰のことだ」

ゴードンは軽くうつむいて、「シャンクス」と短く答えた。

〝四皇《よんこう》〟シャンクスの名を聞いて、その場にいた誰もが息を飲む。ただルフィだけが、いつもと変わらないテンションのまま、

「シャンクス？」

と、聞き返した。

「シャンクスが来れば、現実世界のウタを止めてくれるはずだ」

「おっさん。シャンクスとウタに、やっぱ何かあったのか？」

ゴードンは「それは……」とつぶやいたきり、押し黙った。

その沈黙が答えだ。やはり、シャンクスとウタの間には、ルフィの知らない事情がある。

「おっさん――」

ルフィはゴードンの表情をじっと見つめると、突然、ダッと走り出した。ゴードンの横をすり抜け、外に向かっていく。

「あー！　やばいべ！　ウタ様のところへ行ったんだべ！　まだ勝てねーのに」

うろたえるバルトロメオだが、麦わらの一味は、ルフィの突然の行動にはすっかり慣れっこだ。

「止めたって無駄だ、うちの船長は」

ウソップが平然と言い、サンジも「どっちみち時間がねーんだ。おれたちも行って、カタをつけちまおう」と立ち上がった。

「でもどうやって？」

コビーが首を傾げる。

「同時攻撃が必要っていうんなら、こっちはひたすら攻め続ければいい。現実世界で攻撃が始まり、こっちとタイミングが合うまでな」

ゾロがさらっとすごいことを言う。

不測の事態にも全く動じた様子を見せない麦わらの一味に、バルトロメオはすっかり圧倒され、感極まって膝《ひざ》をついた。

「ビビってたおれァ、なさけねェ！　麦わらの一味の皆さんがいれば負ける気がしねェべ！」

ジンベエが「やるしかないのォ」と笑う。

ナミは「うん！」と元気良くうなずくと、ふと棚の上の小さな生き物に目を留めた。

「ところで……これは何？」

視線の先には、ウタによって姿を変えられたブルーノがいる。ようやく存在に気づいてもらえたブルーノは、「今さらか」とボソッと突っ込んだ。


ルフィはウタに会うため、ライブ会場に飛び込んだ。

たくさんのライブグッズが空中を漂う中、ウタはステージの上にのんびりと寝転がっている。会場の観客たちはみんな、ウタによって姿を変えられたままだ。

そこへ、ゆっくりとルフィが歩み来る。

ルフィに気づくと、ウタはゆっくりと起き上がった。

「何しに来たの？　何度戦っても私には勝てないよ」

「まだ決着はついてねェ」

「出た、負け惜しみィ！　じゃあ、昔みたいに喧嘩で勝負するしかないね、ルフィ」

ウタがぱちんと指を鳴らすと、大量の音符が飛び出した。音符は戦士の姿へと変化して、次々にルフィを襲う。槍を構えて向かってくる音符の戦士たちを、ルフィは〝ゴムゴムの銃《ピストル》〟で弾《はじ》き飛《と》ばした。

戦士たちの数がどんどん増えていくと、〝ゴムゴムの銃《ピストル》〟だけでは対応しきれない。〝ゴムゴムの銃乱打《ガトリング》〟に切り替えて応戦するルフィの背後に、たくさんの戦士たちが回り込んでくる。刺客《しかく》から放たれた槍を、〝ゴムゴムの風船〟で防御すると、ルフィはタンと地面を蹴って飛び上がった。

「おおおお〜〜！」

――〝ゴムゴムの暴風雨《ストーム》〟！

周囲にひしめいていた戦士たちが、蹴散らされていく。ルフィは一気にウタとの距離を詰めた。右足を蹴り上げ、〝ゴムゴムの戦斧《オノ》〟を繰《く》り出《だ》そうとする――が、いつもの勢いはない。まるで、ウタを傷つけることを避け、自分の強さを見せることで戦いを回避しようとしているかのようだ。

ウタはすっと身を引いてルフィの攻撃をかわすと、「当てる気もないくせに」とつぶやいた。

「お前は間違ってる」

「それはルフィだよ」

ルフィは〝ギア2《セカンド》〟の体勢をとった。とたんにウタの力で水柱が噴《ふ》き上《あ》がり、ルフィの身体が浮いて勢いを殺してしまう。

「いい加減、わかりなよ。大海賊時代はおしまいだって」

ウタは小さく肩をすくめると、ルフィから奪った麦わら帽子を取り出した。

「なんでそんなに、海賊王になりたいの？」

「新時代を作るためだ」

ガン！

ウタは苛立《いらだ》たしげに足を踏《ふ》み鳴《な》らすと、目を見開いた。

「ルフィ！」

衝撃波が放たれ、ルフィは吹き飛ばされて海に落下した。

戦士の一人が飛んでいって、沈んでいくルフィを槍ですくい上げ、ステージの上に膝をつかせる。

海水に濡《ぬ》れたルフィは、身体に力が入らず、されるがままだ。

「ロジャーの処刑で始まった大海賊時代──ルフィ、あんたの処刑をもって終わりにする」

二人の戦士が、左右からルフィの胸元に槍を突きつける。まるで、ゴール・D・ロジャーの処刑シーンの再現のようだ。

ウタが、麦わら帽子を持った手に力を入れる。

やめろ、とつぶやいたルフィの目の前で、麦わら帽子がブチッと音を立てた。

シャンクスからもらった宝物が、無残に裂けていく。

「ウタァァア──！！！」

ルフィは激昂《げっこう》して叫んだ。

「お前！　あんなに！　あんなに赤髪《あかがみ》海賊団が好きだったじゃねーか！　シャンクスが大好きだったじゃねーか！　なんで海賊を嫌いになったんだ‼」

「……シャンクスのせいだよ」

ウタはルフィを冷ややかににらむと、感情を爆発させた。

「私はシャンクスのことを──実の父親のように思ってた‼」

たとえ血は繋がっていなくても、ウタにとってシャンクスは父親そのものだった。

赤髪海賊団の〝音楽家〟として、ウタはいつもみんなのために歌った。小さなウタが樽《たる》の上によじのぼって歌い出すと、みんなが集まってきて、肩を組んで踊った。ヤソップ、ルウ、ベックマン、そしてシャンクス――みんな、ウタの歌声を心から楽しんでくれた。歌で誰かを笑顔にできると最初にウタに教えてくれたのは、赤髪海賊団の仲間たちだ。

「――私は、あの船も、仲間も、みんな家族だと思ってた」

幸せだった頃の記憶を振りはらい、ウタは声を震わせた。

「でも、それはあいつらにとってはウソだった。だから、シャンクスは私を捨てた。このエレジアに私を一人残して行っちゃったんだ！」

「それはお前を歌手にするためによォ……」

「違うッ！」

ルフィの言葉を遮《さえぎ》ると、ウタは興奮してまくしたてた。ルフィの知らない、ウタとシャンクスの過去について。

5

十二年前。

ウタは、赤髪《あかがみ》海賊団の仲間と共に、〝音楽の国〟エレジアを訪れた。煉瓦《れんが》造りの建物が並ぶ美しい国は、当時、王のゴードンによって治《おさ》められていた。

ウタはゴードンに謁見《えっけん》し、島の人々に見守られながら、歌声を披露《ひろう》した。こんなに大勢の人の前で歌うのは初めてだったけど、緊張はしなかった。近くでシャンクスたちが見守っていてくれたからだ。大切な家族のそばで、ウタはいつもの通り、自然に、歌声を紡《つむ》ぐことができた。

「素晴らしい！　君の歌声はまさに世界の宝だ！　ここには音楽の専門家たちや、楽器、楽譜《がくふ》が集まっている！　是非《ぜひ》このエレジアに留《とど》まってほしい！　国を挙《あ》げて歓迎する！」

エレジアは、音楽を愛する人々の国だ。そのエレジアの王であるゴードンから絶賛され、ウタは誇らしかった。でも、いくら乞《こ》われても、この国に留まることはできない。

ウタにその気がないと知り、ゴードンはとても残念そうだったが、それでもウタの意志を尊重して、せめて少しでもウタがこの国のことを知れるようにとあちこちに案内してくれた。

古い楽譜が保存された資料室、大きなパイプオルガンが備え付けられた礼拝堂。音楽学校では多くの学生が、各々《おのおの》の楽器を練習している。エレジアは、音楽を愛する人たちであふれていた。

その夜。

ウタは城のテラスに出て涼《すず》んでいた。背伸びして手すりから身を乗り出し、月明かりにぼんやりと照らされたエレジアの街並《まちな》みに目を細める。この国は、今まで訪れた国の中で一番居心地が良かった。音楽を愛する人々と、その歴史。昼間に歌声を披露して浴びた、たくさんの拍手が忘れられない。

でも、明日、赤髪海賊団はエレジアを発《た》つ。そうなればこの街に戻ってくることは二度とないだろう。

「ずいぶん楽しそうだったな。ここで歌っていた時」

声をかけられ、振り返るとシャンクスが立っていた。

「ん？　うん……」

「おれたちの前で歌うより、大勢の人たちに聞いてもらった方が、楽しかったりしないのか？」

「そんなことないって……」

答えるウタの語尾には力がなかった。

背伸びしたつま先が、かすかに震えている。

「なあウタ。この世界に平和や平等なんてものは存在しない」

ウタはきょとんとしてシャンクスの顔を見上げた。

「だけど、お前の歌声だけは、世界中のすべての人たちを幸せにすることができる」

「……何言ってるの？」

「いいんだぞ、ここに残っても。世界一の歌い手になったら、迎えに来てやる」

「バカ！　私は赤髪海賊団の音楽家だよ！　歌の勉強のためでも、シャンクスたちから離れるのは……」

たとえこの国がどれほど居心地が良くても、ウタの居場所は赤髪海賊団だ。シャンクスのそばを離れるなんてありえない。

目に涙をにじませたウタを見て、シャンクスは困ったように笑った。膝《ひざ》をつき、ウタを抱き寄せる。

「わかった。そうだよな。明日にはここを離れよう」

ウタは、シャンクスの肩に顔をこすりつけて、にじんだ涙を乱暴にぬぐった。

この先何があっても、シャンクスとずっと一緒にいる。ウタはそう信じていたのだ。

ところが――

その日の夜、何かが起きた。ウタはずっと眠っていたから、くわしいことはわからない。

ただ、目を覚ますと、エレジアが破壊されていた。建物は傾き、崩《くず》れ落《お》ちて、あちこちで火の手が上がっている。

あの美しい街が、どうしてこんなことになっているのだろう。シャンクスやほかのみんなはどこにいるのだろう。ウタはわけがわからず、呆然《ぼうぜん》とその場に立《た》ち尽《つ》くした。

燃《も》え盛《さか》る城の方から、誰かが歩いてくる。

「ゴードンさん？」

「目を覚ましたのか……」

「何が起きたの？　シャンクスたちは？」

「すべて奪《うば》われた！」

吐《は》き捨《す》てると、ゴードンは脱力してその場に膝をついた。

「みんな……みんな殺された……」

「シャンクスは⁉」

「あいつらは、君の歌声を利用してエレジアに近づき、この国の財宝を奪う計画だったんだ」

「あいつらって……」

「赤髪海賊団だ」

時間が止まったかのように、ウタはその場に凍《こお》りついた。

火の粉が熱風に乗って飛んできて、ジリジリとウタの肌《はだ》を焼く。

この惨状《さんじょう》が、赤髪海賊団のせい？　私をそばにおいていたのは、歌声を利用するため？

――嘘《うそ》だ！

「君もずっと騙《だま》されていたんだ！　赤髪海賊団とシャンクスに！！！」

ゴードンの言葉から耳を塞《ふさ》ぎ、ウタは港に向かって走り出した。

シャンクスが私を置いていくはずがない。ゴードンの言うことは、嘘に決まってる。何度も何度も、そう自分に言い聞かせる。

港に着くと、赤髪海賊団の船はすでに出航していた。炎を反射した真《ま》っ赤《か》な水平線に向かって、レッド・フォース号が遠ざかっていくのが見える。

「シャンクス！　置いていかないで！」

海に飛び込もうとするウタを、追いついたゴードンが掴《つか》んで引《ひ》き留《と》めた。ウタは大声を上げて身をよじったが、ゴードンはウタを離さなかった。

レッド・フォース号はどんどん遠ざかっていく。甲板《かんぱん》に、赤髪海賊団のみんながいるのが見えた。

それぞれの手にグラスを持ち、積み上げた宝箱の上に座って乾杯している。エレジアを滅ぼしたことを祝っているのか。誰一人、港の方を振り返ろうともしない。

「……なんで……なんでだよ……あああああぁあぁあ！！！」

ウタの絶叫が、真っ赤な海にこだました。

十二年前、シャンクスはエレジアを滅ぼしてウタを置き去りにした——

そんな信じがたい話を聞かされ、ルフィは「シャンクスがそんなことするか！」と喚《わめ》いた。

「お前だって知ってんだろ！」

「じゃあ私の十二年は何だ！」

叫び返すと、ウタはすっと表情を冷たくした。ちぎれた麦わら帽《ぼう》子《し》を、小さな音符に変

えてしまいこむ。

「ルフィ、あんただってシャンクスにとってはただの道具なんだよ」

「シャンクスは来る」

「あんたを助けに？」

「お前を助けるためだ」

「私を？　なんで？」

嘲笑《あざわら》うウタを真正面からにらみ、ルフィは大声で怒鳴《どな》った。

「――娘がこんなことやってるのに、シャンクスが黙ってるわけねェだろ!!」


「あいつは私を捨てたんだよ」

ウタは雨に打たれながらうつむくと、かすれた声で、来るわけない、とつぶやいた。

現実世界のライブ会場では、ルフィや麦わらの一味が、地面の上に倒れて眠り込んでいる。ウタは、大きく口を開《あ》けて眠るルフィの隣《となり》に膝をつくと、濡《ぬ》れた髪をそっと撫《な》でた。

「もういいよ、ルフィ。バイバイ」

ナイフを両手に握りしめ、刃《やいば》をルフィの胸に向けて、勢いよく振り下ろす。

その時、何者かがウタの手を摑んで止めた。

また邪魔者が入ったのか。苛立《いらだ》たしげに視線を上げ――ウタは瞳を揺らした。

「……シャン、クス……？　なんで……」

シャンクスの後ろには、ベックマンやヤソップ、ルウたち赤髪海賊団の面々が勢ぞろいしている。

「久しぶりに聞きに来た。お前の歌を」

降る雨に目を細め、シャンクスが落ち着いた声で言う。

ウタは「……は？」と顔をゆがめると、顔を両手で覆《おお》った。感情を押し殺すように髪をかきむしる。そして、身体《からだ》を大きくのけぞらせると、あはははは、と笑い声をあげた。

「ちょうどよかった！　もうすぐ私と世界中のファンが新時代を迎える！　その前にあんたと決着をつけておきたかったから！」

ウタはナイフをシャンクスに向けると、会場で眠っている観客たちに大声で呼びかけた。

「みんな！　一番悪い海賊が来たよ！　一緒にやっつけよう！」

数万の観客たちが、ウタに操《あやつ》られてふらふらと起き上がる。そして、一斉《いっせい》にシャンクスと赤髪海賊団に襲《おそ》いかかった。

現実世界に突然シャンクスが現れたことで、ウタワールドにいたウタは、目を閉じたまま黙りこくってしまった。その頰《ほお》を、つっと涙がつたう。

「シャンクスが来ているのか」

ルフィが低い声で聞くと、ウタはハッとして、取《と》り繕《つくろ》うように涙をぬぐった。

「今です！」

ウタの感情の隙《すき》をついて、コビーが叫ぶ。すると、隠れていた海賊たちが飛び出して、ウタに攻撃を仕掛けた。オーブンの手下や、クラゲ海賊団、そしてローや麦わらの一味たちだ。

たちまち音符の戦士たちが現れ、あちこちで、海賊VS《たい》戦士の乱戦になった。

麦わらの一味たちは戦士たちを蹴《け》散《ち》らしながら、なんとかウタに迫ろうとする。ロビンは〝十六輪咲き《ディエシセイスフルール》〟でウタを捕まえようとしたが、音符が邪魔をして容易に避《よ》けられてしまった。

「まだやるの？　それなら……」

ウタは〈新時代〉を歌おうと、小さく口を開ける。その時、ウタの背後に、ブルーノの

〝空気開扉《エアドア》〟が現れた。

「え？　何？」

「そこまでだ！」

ドアから飛び出してきたのは、小さくなったブルーノだ。しかし、ウタの出した音符にあっさりと弾《はじ》き飛《と》ばされてしまう。

続いて、ベポが「アーーイーーッ！」と気合たっぷりに飛び出してきたが、やはり同じように音符に吹き飛ばされた。

「サニィーーー！」

最後に飛び出してきたサニー号は、ブルーノやベポと同じ轍《てつ》は踏《ふ》まない。音符に弾き飛ばされる前に、口を大きく開けた。

ドンッ！

爆風が発射され、辺《あた》りが煙幕に覆われる。フランキー設計の、〝ガオン砲〟だ。ウタの目をくらませるための作戦ーー煙幕で視界が真っ白になり、ウタはチッと舌打ちした。

「毛皮強化《ガードポイント》ッ！」

煙幕に紛《まぎ》れて、チョッパーがウタに飛びかかる。

ウタはとっさに音符を出してチョッパーを弾き返すが、間髪入《かんはつい》れずローとバルトロメオが各々の能力で攻撃した。

「シャンブルズ」

「バリアボールサウンド!」

空間を入れ替えられ、ウタはバルトロメオのバリアボールの中に閉じ込められてしまう。

「ウタ様! これで歌声は外に届かねえべ!」

ウタの声が聞こえなくなったので、海賊を攻撃していた音符の戦士たちは、次々と姿を消していった。さすがのウタも、声が届かない状況に追い込まれては万事休すか――と思いきや。

ウタは動揺するどころか、ニヤリと口の端《はし》を上げた。その表情は、明らかに正気を失っている。


現実世界では、赤髪海賊団が、ウタによって操られた観客たちの襲撃を受けていた。大勢に押さえつけられても、誰も反撃しようとしない。〝四皇《よんこう》〟シャンクスまでもが、大人《おとな》しく捕まっていた。

若い男が、無抵抗のシャンクスに殴《なぐ》りかかる。二度、三度と拳《こぶし》がシャンクスの頬にめり

こむのを見て、〝ハウリング〟ガブは「ヌゥゥ……」と表情に怒《いか》りをにじませた。

「こらえろ、ガブ！　死んでも手を出すな！」

ベックマンにいさめられ、ガブは「う〜〜」と不満げに口を閉じる。

パン！　パン！

銃声が鳴り響き、シャンクスを殴っていた男の背中から血が噴《ふ》き出《だ》した。男はビクビクと身体を震わせながら倒れていく。

発砲したのは、海兵だった。海軍は、操られているだけの市民にも銃を向けることを選択したのだ。

ウタは撃たれた男に駆け寄り、自分の服のソデを破って傷口に当てた。

「しっかりして！　もうすぐ新時代なんだよ!?」

いつの間にか、会場の客席にはたくさんの海兵が入り込んでいた。

パン！　パン！

海軍たちは、観客たちに向けて、ちゅうちょなく引き金を引いた。

市民に銃を向けてでもウタを止める選択をしたのは、元帥《げんすい》のサカズキだ。サカズキは海軍本部から、エレジアの海軍たちに向けて電伝虫《でんでんむし》で檄《げき》を飛ばした。

「そうだ！　海軍の全戦力を投入しウタを亡《な》き者にする！　観客が巻き込まれても構《かま》わん！　これ以上の犠牲を出さんよう、世界を守るためじゃ。――抹殺《まっさつ》しろ！」

サカズキの指令を受けた海兵たちの前に立ちはだかったのは、赤髪海賊団たちだ。

「正義を名乗る海軍が、市民たちを殺すつもりか」

低い声で言うと、ベックマンは会場の入り口に視線を向けた。

「答えろ、黄猿《きザル》」

遅れて現れた黄猿と藤虎《ふじトラ》が、ゆっくりと歩いてくる。

「犠牲を伴《ともな》わない正義など、ありえない。辛《つら》いねェ～、子供一人を止めるために、何万人を犠牲にするのは～」

ニヤついて言うと、黄猿は高く飛び上がり、両腕を顔の前でクロスさせた。光の塊《かたまり》が放たれて、ピカピカと輝きながら観客たちを襲う。

「八尺瓊勾玉《やさかにのまがたま》～～～」

シャンクスは剣を抜き、黄猿の光弾を弾き返した。光弾は海に落ち、巨大な水しぶきが上がる。それを隠《かく》れ蓑《みの》にして、シャンクスは一気に黄猿との距離を詰《つ》めた。

抜いた刃の切っ先を、黄猿の喉元《のどもと》にぴたりと突きつける。

「悪いな。親子喧嘩《げんか》の最中なんだ。首を突っ込まないでもらえるか」

「そうはいきやせん。こっちは世界を背負ってるんでね」

答えたのは、藤虎だった。刀を抜き、まるで見えているかのような足取りで、一歩ずつシャンクスに歩み寄る。

「それでも、引いちゃくれねェか？」

「それができりゃあ、この目はまだ見えていまさァ」

苦笑《にがわら》いすると、藤虎は刀を構えた。


ウタは、海兵に撃たれた男の傷口を止血しようと必死になっていた。

赤髪海賊団の船医、ホンゴウが来て男の治療にあたるが、出血は止まらない。

「ホンゴウさん……」

ウタは祈るようにホンゴウの名前を呼んだ。

大切なファンが、海軍に撃たれて傷ついている。ウタワールドなら、苦しいことも痛いことも何一つないのに——

現実世界のウタが動揺したことで、ウタワールドのウタにも異変が生じていた。放心状態で座り込んだまま、動かなくなってしまったのだ。

「どうやら、現実世界で何か起きているようですね」と、コビー。

サンジは、ライブ会場にあった食材に紛れ込んでいたキノコのことを思い出して、「やっぱりネズキノコを食べていたか」とつぶやいた。

「あれを食べると、眠れなくなるだけじゃない。性格が凶暴化して、感情のコントロールもできなくなる」

ウタが頑《かたく》なに自分の目的に固執《こしつ》して、ルフィたちへの攻撃を繰《く》り返《かえ》すのは、ネズキノコの影響が強いのだろう。

ウタはゆらりと立ち上がり、力なくつぶやいた。

「悪い人たちには悪い印を。もっと早く決めるんだった」

すると突然、ルフィたちが着ていたコスチュームが光を放《はな》ち、スタッズやスパイクの散りばめられたロック調の戦闘服へと変化した。海賊は海賊らしい服を着ていろ、ということらしい。

ウタは両手をゆらりと掲《かか》げると、右耳のヘッドフォンから小さな楽譜を取り出した。楽譜はバサッと広がって、みるみる大きくなっていく。

「私に勇気が足《た》りなかったから……これを使う勇気が。でも、もう迷わない！」

「気をつけて！　おそらくアレが‼」

ロビンが、〝十六輪咲き《ディエシセイスフルール》〟の構えをとりながら、仲間たちに警告した。

ウタは手のひらを握りしめ、楽譜に書かれた曲を、力強く歌い始める。すると、バルトロメオのバリアボールに大きな亀裂が入り、次の瞬間、粉々に割れてしまった。

「おれの……完全バリアが……」

けして歌ってはいけない、呪いの曲〈トットムジカ〉。

不吉なメロディが構成する禍々《まがまが》しい音楽を、ウタは全身全霊で歌い続けた。


現実世界のライブ会場では、ウタに操られた観客たちが、赤髪海賊団や海軍たちと戦いを繰り広げている。

「あれは？」

殴りかかってくる観客たちをかわしながら、シャンクスはルフィたちが眠っている升席《ますせき》に目を留めた。席全体を覆うようにして、黒々としたガスのようなものが渦巻《うずま》いているのだ。

黄猿は「困ったねェ」と眉《まゆ》をひそめた。

「せっかく用意したコレも、ああなったら意味ないねー」

うんざりして言うと、イヤーマフを外《はず》し、光の粒をぶつけて破壊する。

客席にいたモモンガは、黒い渦に向かって身を乗り出した。

「何ということだ。発動してしまった。〝ウタウタの実〟の能力者が歌うことで実体化する、古《いにしえ》の魔王――トットムジカ！」

ウタは、意識があるのかないのか、暗い瞳で〝トットムジカ〟を歌い続けている。

渦はゆっくりと上昇しながら、次第に質量を増していく。やがて渦の中央に、人の形を成《な》した巨体が現れた。

殺戮《さつりく》と破壊を繰り返す怪物――〝魔王〟だ。

シャンクスは跳躍《ちょうやく》し、剣を振りかぶった。魔王はピアノの鍵盤を出して迎え撃つ。鍵盤と刃が衝突し、両者の間に火花が散る。

「クッ……」

シャンクスはいったん距離を取り、渦の流れに乗って下降して、近くの塔の屋上に降り立った。折しもカリファが同じ屋上で、ウタのライブの様子《ようす》を偵察している。シャンクスはカリファに気づきつつ、魔王の方へ視線を移した。

魔王はビーム光線を放ち、会場を囲んでいた軍艦を次々と沈め始めた。隣では、背中から黒い翼を生《は》やしたウタが、トットムジカを歌い続けている。


マリージョアでは、ルッチと五老星《ごろうせい》が、ライブ会場の様子を見守っていた。音声を切っているはずなのに、電伝虫からは映像だけでなくウタの声も流れてくる。

ルッチは「音声が切れません」と五老星に報告した。

「もういい。トットムジカが発動したら歌声でウタワールドに引きずり込まれることもないだろう。意味がないのだ——魔王によって、現実とウタワールドは繋《つな》がってしまったのだから」

6

ルフィたちがいるウタワールドでも、現実世界と同様、黒い渦《うず》と共に〝魔王〟が現れていた。

渦は、可愛《かわい》いものに変えられた観客たちを巻き込み、空中へと投げ上げていく。

「ウタ！　ウタ、もうやめて！」

「ウタ、聞こえてる？」

「この世界はなんか違う……」

「ウタ！」

観客たちが必死に呼びかけるが、その声はウタには届いていない。

ルフィは指をくわえ、息を吹き込んだ。腕を大きく膨《ふく》らませ、魔王にパンチを放《はな》つ。

「おおぉおおおぉおぉお――――ッ！」

ルフィの〝ギア3《サード》〟を、魔王が片手で受け止める。ルフィは続けざま、〝ゴムゴムの象銃乱打《エレファント・ガトリング》〟を繰《く》り出《だ》した。

「ウタァアァアアアア！」

しかし、〝象銃乱打《エレファント・ガトリング》〟も魔王には効かない。ウタは魔王に守られながら、トットムジカを歌い続けている。

麦わらの一味は、ウタを直接攻撃しようと試みた。サンジやゾロが先陣を切り、渦に乗って上昇しながらウタのもとへ向かおうとするが、現れた音符の戦士に邪魔される。フランキーは〝風来噴射《クー・ド・ブー》〟で飛び上がったが、途中でガス欠を起こし落下してしまった。ブルックは剣を構《かま》えて走りまわり、コビーとヘルメッポも懸命に戦うが、やはり簡単には近づけない。

ブリュレとオーブンは、鏡の中を移動してなんとか魔王に接近した。しかし、手で払われて、あっさりと吹き飛ばされてしまう。ジンベエもナミの援護を受けて接近したが、指一本ではねのけられた。

総出で向かっていっているというのに、誰一人、まともに魔王を攻撃することができない。戦況を冷静に観察して、ローは悔《くや》しげに顔をゆがめた。

「クソッ、やはりウタを同時攻撃しなければだめなのか……」

そんな中、ウソップが攻撃の合間を縫って、ウタに近づくことに成功した。

「プリンセス・ウタ！　みんなを救う歌声を、こんなことに使うんじゃねェっ!!」

必死に呼びかけながら、スリングショットを引き、ウタに向かってポップグリーンを放つ。種は魔王に当たって炸裂《さくれつ》したが、全《まった》く効いていない。

ウソップは弾《はじ》き飛《と》ばされ、ザッと地面の上に倒れ込んだ。

「ウソップ！」

とっさにルフィが名前を呼ぶと、ウソップはボロボロになりながらも起き上がった。

「だ、大丈夫だ……トットムジカはおれたちに任《まか》せろ。――だから!!」

キッと顔を上げたウソップの言葉の先を引き取り、サンジが「ウタちゃんを一人にさせんな」と続ける。

ゾロも「ケリィつけてこい」と発破《はっぱ》をかけ、ルフィは表情をきゅっと引《ひ》き締《し》めた。

「ふんが――――ッッ!!」

気合たっぷりに叫んで、両足をポンプのように震わせる。もうもうと蒸気が上がり、その勢いのまま、ボンッ！　と突進した。

「おい、今なら聞こえるだろ!?　ウタ！　こんなの……」

言いかけたところで音符が真正面から飛んできて、ルフィは吹き飛ばされてしまう。

「ルフィ先輩！」

バルトロメオが目を見開いて叫ぶ。音符は次々と飛んできて、ルフィの身体《からだ》をおもちゃのように弾いた。連続で打撃を与えられているというのに、ルフィは無抵抗だ。

「ルフィ！」

「何してる！　反撃しろ！」

見ていられなくなったチョッパーとローが呼びかけるが、ルフィはウタに反撃しようとはせず、

「ウタ、聞け――!!」

と、ひたすらに呼びかけ続けた。

「ウタ――話を――」

「海賊と話すことなんか、ない!!」

ウタは怒《いか》りに任せて叫ぶと、生み出した槍《やり》をルフィに向け、勢いよく投げた。

鋭い槍の切っ先が、ルフィの身体を貫く――その瞬間。

ゴードンが飛び出してきて、ルフィを守るように立ちはだかった。

槍が、ゴードンの腹に深々と突き刺さる。

「おっさん!!」

ルフィが叫び、ベポも身を乗り出した。

ゴードンはその場に膝《ひざ》をつき、口から血をあふれさせながら、息も絶え絶えに口を開いた。

「ウタに……大切な友人を、これ以上傷つけさせるわけには……いかない……」

「シャンクスを信じてるようなやつだよ？」

「違うんだ、ウタ」

ゴードンは顔を上げてウタと向き合うと、嘘《うそ》なんだ、と告げた。

「十二年前のあの夜、エレジアを滅ぼしたのは、赤髪《あかがみ》海賊団じゃなく――トットムジカなんだ」

ウタの表情が困惑《こんわく》に揺らぐ。

ゴードンはうなだれ、ぽつりぽつりと、十二年前の真実について語り始めた。


すまなかった。今まで本当のことを言えなくて……。

覚えているだろうか？　あの日のことを。お前がシャンクスと話をしたあと、城ではパーティーが開かれた。音楽院の者たちは、お前がシャンクスと共にまもなくエレジアを出ていくことを知り、最後の機会だから歌声を聞かせてほしいと、お前に色々な歌を歌わせた。

せっかくの機会だ。国民にも聞かせようと、私はお前の歌声を国中に聞こえるようにした。

それがいけなかったのだろう。お前の歌声は、城の地下に封じ込めていた楽譜を招き寄せてしまったようなのだ。

その楽譜――〝トットムジカ〟は、いつの間にかお前のそばに近づき、いざなった。

〝ウタウタの実〟の能力で自由になるために。

封印を解いた魔王は、小さなお前を取り込み、この国の人々にその力を振るい始めた。


何も知らないウタは、トットムジカを口ずさみ、魔王を封印から解き放ってしまった。

魔王は黒い渦と共に現れ、身体からビーム光線を発射して、次々と街《まち》を破壊し始めた。

魔王の中には、幼いウタがいて、トットムジカを歌い続けていた。人々は追い立てられ、魔王の犠牲になった。

「目を覚ましてくれ、ウタ！　取り込まれるな！」

ゴードンは何度もそう呼びかけたが、その声はウタに届かなかった。

猛威を振るう魔王の前に立ちはだかったのは、赤髪海賊団だ。

ビルディング・スネイクやほかの船員たちは魔王が召喚《しょうかん》した戦士を引きつけ、ライムジユースが得意の電撃攻撃で魔王の防御を破る。そしてシャンクスが魔王に斬《き》り込《こ》んだ。覇《は》王色《おうしょく》の覇気《はき》をまといながら。

ドン！

刃《やいば》に貫かれた魔王の身体が、炎を噴《ふ》いて爆発する。

魔王は変形して反撃を試みようとしたが、突然消えてしまった。幼かったウタの体力が尽《つ》き、眠り込んでしまったことで、魔王も消滅したのだ。

魔王は再《ふた》び封印され、ウタは解放された。

しかし、ほっとしたのも束《つか》の間《ま》、今度は水平線の向こうに大量の軍艦が現れた。エレジアが攻撃を受けているという報《しら》せを受け、海軍が派遣されたのだ。

誰かが、エレジアを壊滅《かいめつ》させた責任を取らなければならない。

シャンクスは、瓦礫《がれき》を踏《ふ》みながら、静かな足取りでゴードンに歩み寄った。

「ウタには黙っていてくれないか。事実を知らせるのはあまりにも酷《こく》だ」

「ああ……海軍には私のせいだと伝えよう……」

「いいや、おれたちだ。赤髪のシャンクスとその一味、赤髪海賊団がやった。ウタにはそう伝えてくれ」

ゴードンは驚いて、目の前の男を見つめた。

「……あの子を置いていくつもりか？」

「あいつの歌は最高なんだ。海軍に追われるおれたちが、その才能ごと囲っちまうわけにはいかない。あんたの手で、最高の歌い手として育ててくれ」

軽く笑って言うと、シャンクスはウタを抱きかかえてゴードンに渡した。気丈《きじょう》に振る舞っているが、目のふちが本心をにじませて揺れている。

「あいつの歌声に罪はない」

「シャンクス……」

ゴードンは胸を張り、シャンクスだけでなく、遠くにいるほかの赤髪海賊団にも聞こえるよう大声を張り上げた。

「承知した！　エレジアの王ゴードンは、音楽を愛していたすべての国民に誓おう。必ずウタを、世界中を幸せにする、最高の歌い手に育てあげる‼」

海軍が到着する前に、赤髪海賊団は港を発《た》った。眠っているウタを残し、エレジアについてのすべての罪をかぶって。

赤髪海賊団の全員は、誰からともなく甲板《かんぱん》に出て、遠ざかっていくエレジアを見つめた。疲れ果てていたが、それでもみんな、無理やりに笑顔を作った。

「ウタ。離れていても、お前は一生、おれの娘だ。だから――」

シャンクスは、酒を注《つ》いだジョッキをエレジアに向かって高々と掲《かか》げた。

「笑って別れよう、おれたちの音楽家の大事な門出だ！」

木製のジョッキがぶつかり合う、鈍《にぶ》い乾杯の音があちこちで響き渡る。涙があふれても、意地で笑顔をキープして、それぞれの酒をひといきに飲みほした。


エレジアを破壊したのはシャンクスではなかった。

すべての元凶《げんきょう》は、〝トットムジカ〟だったのだ。

ゴードンの語る事実を知ったルフィは、ウタの方に歩み寄りながら手を伸ばした。

「ウタ！　聞いたか、やっぱりシャンクスは……」

差し出されたルフィの手を摑《つか》み返すかのように、ウタが片手を伸ばす。

——次の瞬間、音符がミサイルのように飛んできて、ルフィの腹にめりこんだ。

「かはっ……」

ドッと地面に転がり、呼吸を荒くしながら身体を起こそうとして、ルフィはウタの左袖《そで》に入っているマークに目を留めた。頭でっかちな雪だるまのような不思議なマーク。ファンなら誰でも知っているウタのシンボルだ。

「それ――おれが描《か》いたやつか？」

ルフィは、そのシンボルに、見覚えがあった。ウタと暮らしていた幼い頃、ルフィが描いた絵にそっくりだったのだ。


十二年前――フーシャ村。

その日、ルフィはクレヨンを握りしめ、マキノにもらったスケッチブックにかじりついていた。何を描いているのやらとウタが見守っていると、

「できた――！」

と、ルフィは得意げにその絵を見せてきた。胴体よりも頭が大きい雪だるまのような、なんだか不思議な絵だ。

「え？　なにこれ」

「シャンクスの麦わら帽子《ぼうし》！」

「帽子？」

「ああ」

不格好《ぶかっこう》な雪だるまは、上下をひっくり返すと、確かに麦わら帽子に見えなくもない。

「下手《へた》」

ウタが率直《そっちょく》に感想を告げると、ルフィは腰に手を当てて笑った。

「おれたちの〝新時代〟のマークにしよう。それ、やるよ。持ってろ！」


ウタは、ルフィの落書きをずっと、自分のマークとして使っていた。ファンたちを新時代に導く、歌姫ウタのシンボルとして。きっと、ルフィとの記憶が、ずっと頭の片隅に残っていたのだろう。

知られたくない心の底を見つけられ、ウタは怒りに燃えてルフィに殴《なぐ》りかかった。突き出された拳《こぶし》を、ルフィが摑んで受け止める。

「止まれ、ウタ。こんなのは自由じゃねえ。こんなのは〝新時代〟じゃねェ――お前が誰よりもわかってんだろ!!」

ウタの頰《ほお》を、涙がつたった。

ルフィの名前を呼ぼうと、唇《くちびる》が小さく開く。

しかし、ウタの声を遮《さえぎ》るように、どす黒い音符が突然噴《ふ》き上《あ》がり、ウタの身体を覆《おお》い尽《つ》くした。ルフィも巻き込まれ、気を失って倒れてしまう。

「遅すぎた」

ロビンがつぶやく。と同時に、会場が大きく揺れ、海が割れて、壁や座席がガラガラと崩《くず》れ始めた。

〝トットムジカ〟が新楽章に入ったのだ。

魔王の形態が、巨大な黒い昆虫のような姿へと変化していく。背中に羽根を生《は》やし、頭からは二本の角《つの》が伸びている。

「なんですか、これ……」

コビーがごくりと生唾《なまつば》を飲み込む。

魔王が軽く羽根を羽ばたかせると、それだけですさまじい風が巻き起こった。踏ん張っていなければ、吹き飛ばされてしまいそうだ。

「ひ、避難するやつはこっちへおいで！」

ブリュレが鏡を出し、クラゲ海賊団の海賊たちはあわてて中へと飛び込んだ。

「おい、こんなのとどうやって戦うんだ……」

ブルーノが、相変《あいか》わらず可愛い姿のままつぶやく。

ウソップは、気絶したルフィを引きずって離れながら、「同時攻撃のタイミングさえわかればいいんだけどよ……」ともどかしげに顔をしかめた。

現実世界の魔王も形態を変化させ、ドゥ――――！　と鳥肌《とりはだ》の立つような不快音を奏《かな》でていた。一刻も早く魔王を倒さなければ、エレジアは再び壊滅させられてしまう。

すぐにでも攻撃を仕掛けたかったが、赤髪海賊団も海軍も観客たちに襲《おそ》われていて、身軽に動くことができない。業《ごう》を煮《に》やした黄猿《きザル》が、観客を直接攻撃して排除しようとする――が、ベックマンが間に割って入り、黄猿を牽制《けんせい》した。

「おっかしいねェ〜。海軍が市民を殺そうとして、海賊がそれを守るなんて」

「肩書なんてものに意味はねェ」

「なぜ守るんだい？」

海兵たちは今や、平然と観客たちに銃を向けて発砲している。一人の死者も出ていないのは、赤髪海賊団が守っているからだ。

「これ以上、罪を背負わせないためだ。おれたちの娘に」

そう言うと、ベックマンは周《まわ》りにいる仲間たちに向かって叫んだ。

「野郎ども‼　一人も死なせるんじゃねーぞ‼」

赤髪海賊団が守っている限り、海軍は容易に観客たちを傷つけることができない。強大な魔王を前にして、いつまでもシャンクスたちと敵対し続けるのは海軍にとっても不利だ。

藤虎《ふじトラ》は、高い位置の客席まで上がって周囲の様子《ようす》を確認しながら、

「ここは魔王を止めるのが先かもしれやせんねェ」

と、冷静につぶやいた。

カリファも、藤虎と同意見だ。カリファは近くの塔の屋上で、どんどん巨大化していく魔王の様子について、電伝虫《でんでんむし》を通してルッチに報告を入れていた。

「ウタはネズキノコを食べてしまいました。トットムジカと一体化した今、倒す方法は……」


魔王に取り込まれたウタは、暗闇《くらやみ》の中にいた。

耳の奥に、ウタを責《せ》め立《た》てる人々の声が響く。

——お前だ。お前のせいだ。

——お前がやった。

——お前の罪だ。

「うるさい！　全部知ってたよ！」

ウタは噛《か》みつくように叫んだ。

エレジアを滅ぼしたのはシャンクスではなく自分だと――本当は、とっくに気がついていた。

あれは、映像電伝虫で歌の配信を始めて、一年ほどが経《た》った頃。ウタは廃墟《はいきょ》となったエレジアの街《まち》で、古い映像電伝虫を拾った。何気なく再生してみると、そこには、エレジアが魔王に滅ぼされた時の映像が残っていた。発信者は、若い男性だ。

「誰か！　大変だ、トットムジカの話は本当だった！　魔王が――トットムジカによってよみがえった魔王が、街を破壊している……！　うわ――‼」

映像の中のエレジアは、火の海と化していた。真っ暗になった空には魔王がウタといて、街中を攻撃している。

「あ！　赤髪海賊団！　魔王と戦ってくれるんだ！」

魔王に向かっていくシャンクスたちの姿が映《うつ》る。配信者の男性は、こちらに向かって必死に語りかけた。

「この映像を見ている人！　気をつけろ、ウタという少女は危険だ。あの子の歌は世界を滅ぼす！」

苦しくて、ウタはそれ以上、映像を直視できなかった。

エレジアを滅ぼしたのは魔王。そして、魔王を召喚したのはウタだった。シャンクスたちは、エレジアを滅ぼすどころか、人々のため魔王に立ち向かってくれたのだ。そして、すべての罪を背負って立ち去ることで、今までずっとウタのことを守り続けていた。

真実を知り、ウタはどうしたらいいのかわからなかった。自分が人殺しだということも、シャンクスを恨《うら》み続けていたことも、すべてが受け入れられない。

どうしろっていうの、今さら！　世界中に私の歌を待っている人たちがいるのに——

ウタはずっと、海賊は嫌いだと公言していた。だからこそ、海賊に虐《しいた》げられていた世界中の人々はウタの曲に惹《ひ》かれた。でも、真実を知った今では、海賊を恨むことなど到底できそうにない。

私には、海賊を嫌う資格さえない。本当は、子供の頃からずっと、海賊が大好きだった。

これからは、誰のために、何を歌えばいいんだろう——

目的を見失うウタに道を示したのは、とある少女から届いた声だった。

「ねぇウタちゃん、ここから逃げたいよ。ウタちゃんの歌だけずっと聞いていられる世界はないのかなぁ？」

自分を必要としてくれている人がいる。

たとえ自分に嘘をつくことになっても、ウタには、ファンを裏切ることなんてできなかった。ウタの声は、すでに世界中から愛されている。

もう引き返せない。私は海賊嫌いのウタ。私を見つけてくれたみんなのためにも――

〝新時代〟を!

ウタは自分の心を隠し、ファンのための存在であり続けることを選んだのだ。

7

ウタワールドでも、魔王との攻防が続いていた。

巨大な魔王に対し、個別で戦闘をしていても効率が悪い。コピーは全員の能力を総合して、コンビネーションで攻撃を仕掛けるための計画を練った。そのためには、ブリュレとオーブンの協力が必須だ。

オーブンは〝熱山羊《ヒートゴート》〟を放《はな》ち魔王と競《せ》り合《あ》っていたが、火力で負けて吹き飛ばされた。ブリュレも大量の音符の戦士に囲まれ、身動きが取れなくなっている。戦士の槍《やり》が迫り、ブリュレの表情にあきらめがにじんだ、その時――長い足が割り込んできて、戦士たちをまとめて蹴《け》り倒《たお》した。

サンジだ。

「レディに怪我《けが》を負わせるわけにはいかねェ……」

そう言うと、サンジはブリュレと視線を合わせ「キミにしかできないことがあるんだ」と優しく告《つ》げた。ブリュレは頰《ほお》をうっすらと染めてはにかみ、「ええ！」と嬉《うれ》しそうにうなずく。

「コビー！　指揮をとって！」

　ナミの呼びかけに、コビーが「はい！」とうなずく。

「防衛陣形！　観客の保護を最優先します。ナミさんとロビンさんは、避難の列を作ってください。観客の皆さん、落ち着いて鏡の中へ‼　ブリュレさんが要《かなめ》です！」

　ロビンは〝千紫万紅《ミル・フルール》〟で咲かせた手のひらを組み合わせ、避難路を作った。ナミは雲を使って、観客たちをブリュレの鏡の中へと誘導する。

「ブルーノさんたちは離れずガードを！　フランキーさんとジンベエさんは側衛！　チョッパーさんはルフィさんとゴードンさんを守ってください。僕とヘルメッポさんも側衛に入ります。ウソップさんは後方からの火力支援、ブルックさんとサンジさんは防御中心の前衛！　攻撃中心の前衛は――ゾロさん！　そして、オーブンさん、ローさんに任《まか》せます」

　陣形を整《ととの》える間にも、魔王は攻撃の手を緩《ゆる》めない。フランキーはロケットランチャーを放って戦士たちを蹴散らし、ヘルメッポも煙幕に紛《まぎ》れて飛び出し戦士たちを真っ二つに斬《き》り伏《ふ》せた。その隙《すき》に、チョッパーは気絶したルフィを介抱《かいほう》する。

　ナミは小さな雷雲《かみなりぐも》を作り、戦士たちが密集している場所までゼウスを誘導した。ゼウスはぱくぱくと雷雲を食べながら、

「んまままま……んっま――――い！」

と、興奮して、バチバチと電気を帯び始める。タイミングを見計らい、ナミは天候棒《クリマ・タクト》を振り上げた。

「ゼウス！　ブリーズ……テンポ！」

バチバチ！

雷が落ち、近くにいた音符の戦士たちは、たちまち黒コゲになってしまった。

海賊たちが戦士を引きつけている間に、ローは乱戦から距離を取った。

「ROOM《ルーム》！」

空間を入《い》れ替《か》え、魔王を遠くへ飛ばそうとする――が、跳《は》ね返《かえ》され、反動で吹き飛ばされてしまった。近くにいたゾロも煽《あお》りを受け、地面に倒れ込む。

ローの力をもってしても、魔王に攻撃を加えることはできそうにない。ゴードンは責任を感じ、魔王の前に進み出た。

「ウタ！　私が悪かった！」

声を張り上げ、取り込まれているウタに向かって呼びかける。

「お前の能力を恐れ、人前に出す機会を失っていた――そして、そして、私は音楽を愛する者として、トットムジカの楽譜《がくふ》を捨てることもできなかった……。私は愚か者だ。なんだかんだ理由をつけて逃げている卑怯者《ひきょうもの》なんだ。罰《ばつ》は、私一人で……」

しかし、ゴードンの声はウタには届かない。

うなだれるゴードンに、ウソップが静かに声をかける。

「おれの親父《おやじ》はよ、いつもおれを放ったらかしだった。でもあんたはプリンセス・ウタのそばに、ずっといてあげたんだろ？」

サンジも来て、「国を滅ぼされても、誓いを守って……」と言葉を継《つ》ぐ。

「立派だぜ、アンタ」

ウソップがさりげなく言い、ゴードンは鼻をすすりあげた。

会話が聞こえていたのか、チョッパーに介抱されていたルフィがぱちりと目を開いた。

「よし――行ってくる」

ゆらりと立ち上がり、魔王の方へ向かっていく。

その背中に向かって、ゴードンは声を張り上げた。

「ルフィ君！　あの子の歌声は、世界中のみんなを幸せにする力を持っているんだ！　なのに、これじゃあ――あの子があまりに不憫《ふびん》だ……頼む、ルフィ君！　ウタを救ってくれ！」

「当たり前だろ」

短く答えたルフィの身体《からだ》が、蒸気に包まれた。空気を送り込まれた身体が膨《ふく》れ上《あ》がり、目元や鎖骨《さこつ》に、黒々とした模様が浮き上がっていく。

〝ギア4《フオース》〟だ。

軽く膝《ひざ》を曲げると、ルフィはすさまじいバネの弾力で、魔王に向かって飛び出していった。

「ルフィさん！」

追いかけようとするコビーを、オーブンが「行かせとけ」と制止する。

「もう残り時間が少ない……やらなきゃ現実に戻れなくなる！」


攻撃の間隙《かんげき》を縫い、ルフィが魔王に接近しようとしている頃——現実世界でも、シャンクスが仲間の援護を受けて、魔王と対峙《たいじ》していた。

猛攻を見せるシャンクスだが、魔王にはなかなか近づけない。攻撃を弾《はじ》き返され、吹き飛んだシャンクスに、槍《やり》を構《かま》えた音符の戦士たちが迫る。その時、どこからか餅《もち》が伸びてきて戦士たちをからめとった。

〝モチモチの実〟の能力者、カタクリの〝鳥モチ〟だ。

「赤髪《あかがみ》！　必要なのは、同時攻撃。〝ウタウタの世界〟と同じタイミングで同じ場所に攻撃することだ……」

カタクリが姿を現すと、シャンクスはうっすらと笑った。

「ビッグ・マムの息子が何の用だ」

「妹を助けにきた!!」

堂々と言うと、カタクリは束《たば》になって向かってきた音符の戦士を、〝柳《やなぎ》モチ〟でまとめて捕らえた。

「見聞色《けんぶんしょく》の覇気《はき》で、向こうの世界で妹が見ている景色が一瞬見えた。こいつには、あちら側とこちら側の――」

「わかっている。見聞色の覇気使いはお前だけじゃない」

遮《さえぎ》って言うシャンクスに、ヤソップが「でもあいつはまだまだだ！　冷静になれちゃあいねえ！」と口を挟《はさ》む。

あいつ、とは、ウタワールドで戦っているウソップのことだろう。ヤソップは、得意の射撃で戦士たちを撃ち落としながら、ウソップが〝冷静になる〟のを待っているのだ。

シャンクスは愛剣グリフォンで、魔王が放つビームを弾き返しながら「だけどな、カタクリ」と続けた。

「来てくれて助かった。海軍は救助で手《て》一杯《いっぱい》なもんでな」

海軍たちは、魔王の攻撃の合間を縫い、意識を失った観客たちの救護を続けている。黄《き》猿《ザル》や藤虎《ふじトラ》は、魔王の攻撃を受け止めて海兵たちの盾《たて》となっていた。

「大人《おとな》しくしてくれないかねェ〜」

魔王のビームを光線で弾き、黄猿はやれやれと肩をすくめた。

「うおおおお〜〜〜」

ルフィは咆哮《ほうこう》をあげ、〝ゴムゴムの猿王群鴉砲《コングオルガン》〟を放《はな》った。と同時に、現実世界でも、シャンクスとカタクリの連携攻撃が炸裂《さくれつ》する。同時攻撃を食らい、ウタワールドの魔王は体勢を崩《くず》してひっくり返った。

現実世界の魔王もダメージを受け、ルフィのパンチを食らったのと同じ場所に、チリッとかすかな閃光《せんこう》が走る。

シャンクスはすぐにピンときて、「……ルフィか……」とつぶやいた。

その声が聞こえているかのように、ウタワールドにいるルフィも、「シャンクス!」と呼びかける。

ルフィの攻撃が当たったのを見ていたブルックは、無い目を丸くして驚いた。

「効きました！」

「現実世界と同時だったんだ！」と、コビーも身を乗り出す。

魔王は体勢を立て直すと、片目に光を集め始めた。攻撃の力を溜《た》めているのだろう。

「おおおお〜〜〜〜!!」

ルフィは叫びながら再《ふたた》び魔王に向かっていった。ゾロも後を追い、行く手を塞《ふさ》ぐ音符の戦士たちを片《かた》っ端《ぱし》から切《き》り刻《きざ》みながら、ちょうどそこにいたサンジの肩を踏《ふ》み台《だい》にして高々と飛び上がった。「はああ？　てんめえ！」とかなんとか怒っているサンジを後目《しりめ》に、三本の刀を抜く。

「三刀流奥義！　六道《ろくどう》の辻《つじ》!!」

広範囲に散っていた戦士たちは、まとめて斬《き》り伏《ふ》せられて、ばたばたと倒れていった。

「人を踏みつけにしやがって、あのクソ剣士!!　覚えてやがれッ」

サンジは怒《いか》り任《まか》せに両手をつくと、逆立ちの姿勢で両足を開き、手近にいた戦士たちを蹴り飛ばした。

しかし、いくら攻撃しても、戦士たちはすぐに復活してしまう。

「キリがねエッ」

ゾロが舌打ち交《ま》じりにボヤき、〝ROOM《ルーム》〟で戦士たちをオペしていたローも「時間がねえってのに」とつぶやいた。

音符の戦士との連戦が続けば体力を消耗するし、次第に集中力も切れてくる。ローは背後から魔王の張り手を食らい、地面に叩《たた》きつけられた。

このままではまずい。魔王を倒すには、現実世界と同時に攻撃する必要があるが、やみくもに攻撃をしていても偶然タイミングが合う可能性は低いだろう。ウソップはちょこまかと逃げまわりながら、状況を打開する手段を探していた。

「クッソォ、せめてあの手足さえなんとかできりゃあ！」

魔王の張り手は、ローを一撃で吹き飛ばしてしまえるほど強力だ。ウソップは焦《あせ》る気持ちを抑《おさ》えて立ち止まり、「いや待て、キャプテン・ウソップ。こーゆう時こそ冷静に……」と自分をなだめた。

ぎゅっと目を閉じ、んむむー、と腕組みをして考え込む。何か良い方法はないだろうか、と。しばらくそうしていると、だんだんと心臓の鼓動《こどう》が落ち着いてきて、冷静になった頭の中にふいに映像が流れ込んできた。

厚い瞼《まぶた》と鋭い目つき。ドレッドヘアーを長く伸ばした男の顔だ。

「ハッ……親父⁉」

そんな、まさか。父のヤソップは今、赤髪海賊団の船に乗っているはずだ。

驚くウソップに、ヤソップはニヤリと笑いかけた。

「や――っと気づいたか、バカ息子」

ウソップはもう一度目を閉じ、意識を集中した。

頭の中の景色が変化し、さらにクリアになる。ここではない場所で暴れまわる魔王の姿だ。遠くの海には、軍艦が浮かんでいる。

「……見える！　親父が見ている景色が!!」

今、ウソップの頭の中に見えている光景は、現実世界でヤソップが見ているのと同じ光景だ。ウソップは、この土壇場《どたんば》で、ヤソップの言う〝冷静〟な状態になりつつあった。

現実世界のヤソップとウタワールドのウソップが連携《れんけい》すれば、魔王を攻撃するタイミングも調整することができる。ウソップはようやく勝機を見出《みいだ》し、大声で船長の名前を呼んだ。

「ルフィ――――！」

ルフィは「よしっ！」とうなずくと、自分の身体をさらに変化させた。蒸気が巻き上がり、ルフィの身体を包み込む。

「野郎ども！！！　気合入れろ！！！！」

ルフィが叫び、仲間たちは「おうっ！」と声をそろえた。

同じ頃、シャンクスも「野郎ども！！！　気合入れろ！！！！」と、赤髪海賊団やカタクリに檄《げき》を飛ばしていた。

海賊たちが一斉《いっせい》に「おぉ――っ！」と声を張り上げる。

ウタワールドではウソップが、現実世界ではヤソップが、

「トットムジカの手足を止めるぞ！」

「指示に沿って動いてくれ！」

と、それぞれに気を吐《は》いていた。ウソップとヤソップが同時に合図を出すことで、それぞれの世界での攻撃のタイミングを合わせるのだ。

「まずは右足！」

「右足！」

ウソップの指示で、ゾロはビームをかわしながら瞬時に間合いを詰《つ》め、剣先を魔王の右足にねじこんだ。コビーも〝月歩《ゲッポウ》〟で忍び寄り、魔王のシールドを蹴り壊す。

現実世界でも、ベックマンが銃の照準を魔王の右足に合わせた。

ゾロの刃《やいば》とベックマンの銃弾――両者の攻撃が同時に命中し、魔王は右足を粉砕されて

大きく身体を泳がせた。

「左腕！」

「左腕！」

間髪入《かんはつい》れず、ウソップとヤソップからの指示が続く。

飛び出したのは、ジンベエとヘルメッポだ。水流に乗って天高く飛び上がると、ジンベエは落下の勢いを利用して〝海流一本背負い〟を放ち、魔王の左腕を破壊した。

と同時に、現実世界ではホンゴウとルウが、魔王の左腕を狙《ねら》う。高速回転するルウをホンゴウが蹴り出し、ルウは猛烈な勢いで魔王の左腕を吹っ飛ばした。

「左足！」

「左足！」

オーブンは「仕方ねェ！」と叫ぶと、〝ネツネツの実〟の能力を溜め、サンジの右足に送った。サンジは、オーブンの援護を受け悪魔の炎の火力を上げ、すさまじい脚力で魔王の左足を蹴《け》り潰《つぶ》した。

カタクリも、「ここは貸しにしておいてやる」と不本意そうに言いながら、右腕を〝斬《ザン》・切《ギリ》・餅《モチ》〟に変えてガブと共に攻撃を放ち、左足を粉砕する。

「真ん中、右！」

「真ん中、右！」

ボンク・パンチとモンスターが身体を回転させながら飛び出し、魔王に殴《なぐ》りかかる。

チョッパーも、〝柔力強化《カンフーポイント》〟で「あっちょおおおお！」と飛びかかり、ロビンは〝ハナハナの実〟の能力で大きな手を出して加勢した。

「「真ん中、左！」」

ウソップとヤソップの声が、ぴたりとそろった。

ナミの天候棒《クリマ・タクト》からゼウスが飛び出し、魔王の身体に雷撃《らいげき》を浴びせる。

続いてブルックが剣を構え、現実世界でもロックスターが斬撃《ざんげき》を振り下ろして、同時に魔王を破壊した。

五度の同時攻撃を受けた魔王は、「おぉ――――」と怨念《おんねん》じみた唸《うな》り声《ごえ》をあげた。

「「右腕！」」

ウソップとヤソップは、息がぴったりだ。

「ヤソップのやつ、仲いいじゃねェか」

シャンクスが言うのが聞こえ、ヤソップはまんざらでもなさそうに「へっ」と鼻を鳴らしながら銃を構えた。

ウソップも、スリングショットのゴムを引き、弾を放つ。魔王が唯一《ゆいいつ》残っていた右腕でガードしようとしたのを見て、フランキーはすかさず、口から大きな火の玉を吐いた。

「フランキー……フレッシュ・ファイヤ――――‼」

火の玉はウソップの放った弾に当たり、巨大な火の鳥へと姿を変えて魔王に突っ込んだ。

猛火が巻き起こり、魔王はとうとう右腕も失って、身体を大きくふらつかせる。

「ルフィ！」

「シャンクス‼」

「「今だ‼」」

ルフィは左拳を打ち出し、シャンクスは剣を抜いて、魔王の放つビームをかわしながら同時に跳躍《ちょうやく》した。

すでに魔王は満身創痍《そうい》だ。

戦いの終わりが近いことを予感するシャンクスの脳裏に、ウタと過ごした短い期間の記憶が、奔流《ほんりゅう》となってなだれこんでくる。

シャンクスを見つけるたび、いつも嬉《うれ》しそうにじゃれついてきた笑顔。ウタの歌声に合わせ、仲間と一緒に肩を組んで踊ったこと。フーシャ村で、ルフィと競争ばかりしていたウタの姿――

シャンクスがウタと出会ったのは、今から十九年前のことだ。

返《かえ》り討《う》ちにした海賊が置いていったお宝の中に、大きな箱が紛《まぎ》れていて、開けると中に赤い髪の女の子が入っていた。まだ言葉も話せるか怪《あや》しいような年齢だ。

シャンクスと目が合うと、女の子はけたけたと声をあげて笑った。

「お前、どこから紛れ込んだんだ」

「まさか、あの海賊たちがどこかから攫《さら》ってきたんじゃ……」

「嘘《うそ》だろ、おい！」

ベックマンとシャンクスが顔を見合わせている数秒の間に、女の子は今度はギャー！と大声をあげて泣き始めた。さっきまで笑っていたのに、何が何だかわからない。慣れない幼児の相手に戸惑《とまど》いつつ、シャンクスが即席で子守唄を歌うと、女の子はあっさり泣きやんでまた無邪気に笑い始めた。

宝箱の中に紛れていた赤ん坊、なんて――まるで、誰かの出自《しゅつじ》にそっくりだ。

「これも何かの縁か」

シャンクスは女の子を、自分の娘として育てることにした。それが、ウタとの出会いだ。

あの時は、まさかあんなふうに別れることになるなんて、思ってもみなかった。

ルフィは拳に、シャンクスは剣に、それぞれ覇気をまとわせ、二人は同じタイミングで同じ場所を攻撃した。すさまじい覇気をまとった一撃を食らい、魔王はボロボロになりながらも最後の悪あがきでビームを放とうとしたが、かなわずに力尽《ちからつ》き——

「ギャ————ッ!!」

断末魔《だんまつま》の悲鳴をあげながら、大量の音符となって散った。

ウタはぼんやりとした意識の中で、魔王から解放されたのを感じていた。魔王を作っていた、たくさんの「誰か」の感情が、ウタの中に流れ込んでは消えていく。

〝魔王〟は、歌を愛する人々の感情の集合体だ。「寂《さび》しい」「もっと認められたい」「誰かに見つけてほしい」——そんな負の感情が集まって生まれた。だから魔王はいつでも、自分を形作る存在を探している。行き場のない自分の気持ちを、受け止めてくれる存在を。

それがウタだった。

——なんだ、アンタも寂しかったんだね。

消えていく魔王に向かって、ウタはそっと語りかけた。

気がついた時には、ウタは半壊したライブ会場のステージに横たわっていた。ネズキノコで凶暴化した性格は、すでに剝《は》がれ落《お》ちている。

重たいまぶたをゆっくりと持ち上げると、シャンクスが駆け寄ってくるのが見えた。

「シャンクス……わたし……」

「もういい、終わった」

ふらつくウタの身体を支えると、シャンクスはホンゴウを呼んだ。ホンゴウが投げた水筒を受け取ると、フタを開けてウタの口元に差し出す。

「すぐにこの薬を飲んで眠れば、まだ助かる」

「シャンクス……」

ウタはかすれた声を絞《しぼ》り出《だ》した。

「会いたくなかった。でも……会いたかった」

「しゃべるな！　いいから早く飲むんだ」

早口に急《せ》かしながら、シャンクスはちらりと会場の様子《ようす》をうかがった。

ウタに心を奪《うば》われていた観客たちは、魔王が消えても目を覚まさず、いまだ海軍や海賊たちを襲《おそ》い続けていた。

ブリュレも眠ったまま、カタクリを攻撃している。カタクリは「どういうことだ！」とかぶりを振った。

「魔王を倒せば、心が戻ってくるんじゃないのか!!」

同じ頃、ウタワールドにいる海賊たちも、異変に気づいて焦《あせ》っていた。魔王を倒したのに、一向に現実世界に戻れる気配がないのだ。

「なんで戻れないんだよ。なんで！」

動揺するウソップに、ゴードンが「間に合わなかった」と静かに告《つ》げる。

「トットムジカの力に私たちの心が飲み込まれたんだ……」

チョッパーが「そんな！」と息を飲んだ。このままでは、ウタワールドの中に永遠に閉じ込められてしまう。

心を奪われた観客たちも、凶暴化したままだ。

戦い続ける人々の姿を目の当《ま》たり《あ》にして、ウタは身体をがくがくと震わせた。

「やめて……。戦いはもう、おしまいにして……やめて！」

声を荒らげた拍子に、口から血がこぼれる。

「ウタ！　早く薬を飲め！」

シャンクスが差し出した水筒を払いのけ、ウタはよろよろと身体を起こした。

「歌わなきゃ。みんなを元に戻してあげないと。……シャンクス、昔、言ってくれたでしょ？　私の歌にはみんなを幸せにする力があるって……」

シャンクスの表情から力が抜ける。

ウタは手をついて立ち上がると、いまだ操《あやつ》られたままの観客たちの方へ向き直った。しかし、身体に力が入らず、すぐに膝《ひざ》をついてしまう。口からボタボタと真っ赤な血が垂《た》れた。

限界が近い。それでも、自分にしかできないことがある。

ウタは震えながら、顔を上げた。

「私は！　赤髪海賊団の音楽家、ウタだよ！」

シャンクスは小さく笑うと、ウタの隣《となり》に並び、手を貸して立ち上がらせた。父親の肩を借りながら、ウタは最後の力を振り絞ってステージに上がった。

争いの続く会場を見渡し、静かに歌い始める。

〈世界のつづき〉。

柔らかな旋律《せんりつ》が、興奮する人々の心を包み込み、落ち着かせていく。

曇天《どんてん》の空から光が差し、陽光がやわらかく降《ふ》り注《そそ》いだ。トットムジカの禍々《まがまが》しい音楽がかき消され、世界が彩《いろどり》を取り戻していく。ブリュレも、カタクリを攻撃するのをやめて身

体をぐらつかせ、受け止めたカタクリの腕の中で、小さく寝息を立て始めた。

ウタの歌は、ウタワールドにも届いていた。澄《す》んだ歌声が、海賊たちやゴードンの負った傷を癒《いや》していく。

「天使の歌声――ウタだ……」

ゴードンがつぶやく。

あたたかい空気に包まれ、海賊たちは誰からともなく目を閉じて、すっと眠り始めた。

ウタワールドは消え、人々は今度こそ、自分の心を取り戻したのだ。

「ねぇ、なんで殴らなかったの？　私のこと」

「おれのパンチはピストルより強いって言っただろ」

「……昔は、やってきたじゃん。ヘナチョコグルグルパンチ」

「あれは本気じゃねェ」

「出た、負け惜しみィ」

「…………」

「いつの間にか、ルフィの方が背が高くなってたんだね。——これ、返すよ。私にとっても大事な帽子《ぼうし》だから。

いつかきっと、これがもっと似合う男になるんだぞ！」

8

心を奪《うば》われていたすべての人々を解放し、ウタは最後の曲を歌い終えた。

身体《からだ》はもう、力尽《ちからつ》きる寸前だった。立っているのがやっとだ。ウタは朦朧《もうろう》としながらも、傍《かたわ》らにいるシャンクスに「ルフィは……？」と聞いた。

「戻ってきた」

シャンクスが短く答え、ベックマンが目の端《はし》を赤くしながら、「観客も全員無事だ」と声をかける。いつの間にか、赤髪《あかがみ》海賊団の全員が、ウタに寄り添うように集まってきていた。

「……よかった……」

ほっとしたように表情を緩《ゆる》めると、ウタはそのままぐらりと身体をのめらせて、シャンクスに抱《だ》き留《と》められた。

「……ごめんね。シャンクスと、赤髪海賊団のみんなを信じきれなくて。なのに、ありがとう。助けに来てくれて」

シャンクスが無言で唇《くちびる》を噛《か》む。このままウタを看取《みと》らなければいけないのだと、誰もが

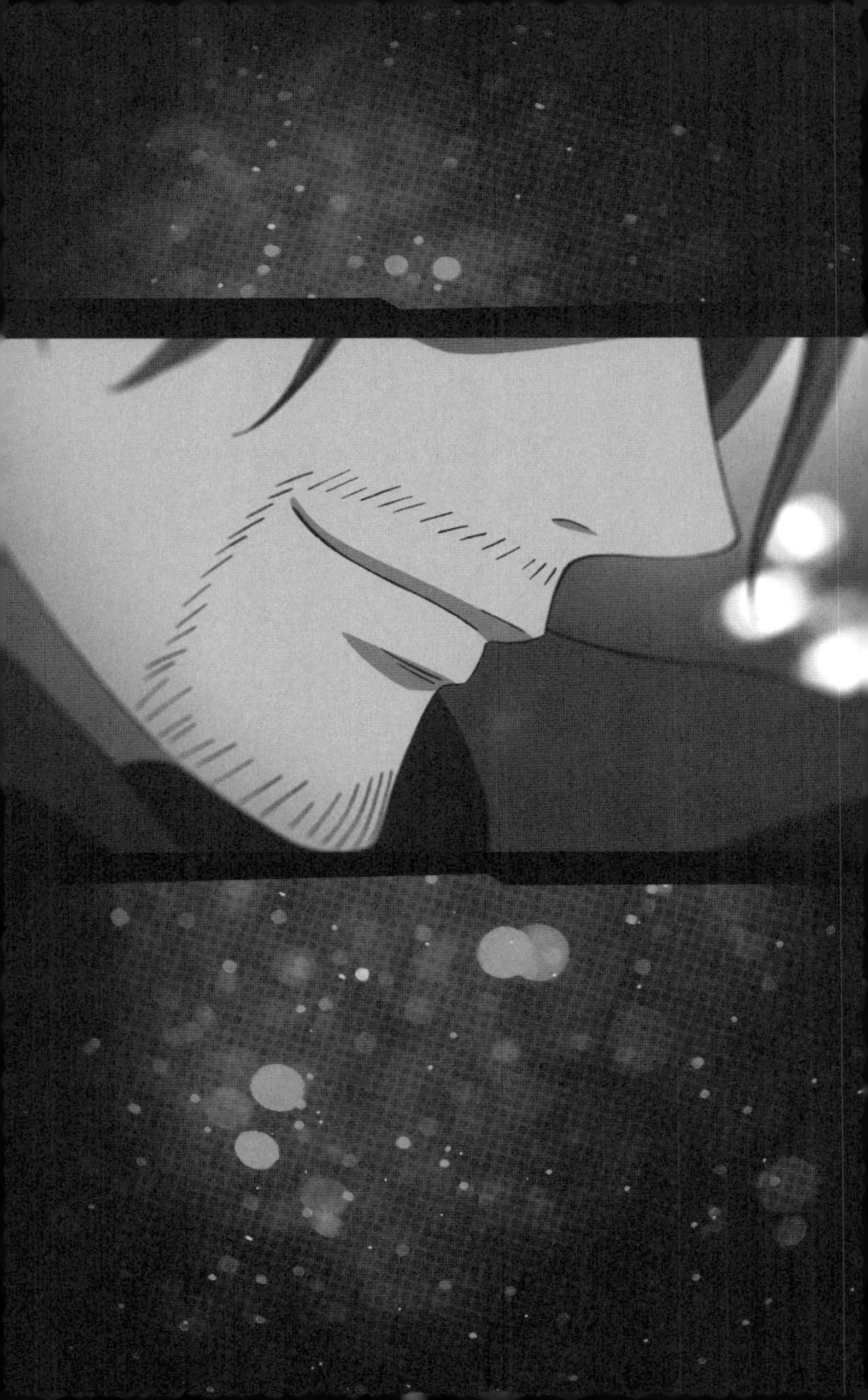

わかっていた。

その時、海兵たちを引き連れて、黄猿《きザル》と藤虎《ふじトラ》が姿を見せた。

「さぁて、そろそろウタを……世界を滅ぼそうとした極悪人《ごくあくにん》を渡してもらおうかねェ」

ゆったりと言う黄猿に、ベックマンが黙って銃口を向ける。ほかのメンバーも、そろってウタを守るように並び立った。

「ほぉ……お前さんがた」

「逆らうってことでいいのかねェ？」

藤虎と黄猿が、緊迫して戦闘体勢をとる。

ウタは、自分を守る海賊たちの背中に向かって「みんな……」とつぶやいた。その目から、涙がこぼれる。こんなに優しく自分を愛してくれた人たちを、信じることができなかった。自分の選択が、悔《く》やまれて仕方ない。

シャンクスは、ウタを抱きかかえた手にかすかに力を入れ、怒号《どごう》を響かせた。

「こいつは、おれの娘だ。おれたちの大切な家族だ。それを奪うつもりなら――死ぬ気で来い！！！」

瞬間、シャンクスの身体から恐ろしい量の覇気《はき》が放《はな》たれた。海が震え、海兵たちがバタバタと倒れていく。

モモンガ中将まで膝《ひざ》をついたのを見て、黄猿は冷や汗を垂《た》らした。

「中将の一部までもっていくとはねェ……。これが〝四皇《よんこう》〟シャンクスの覇気か……」

「……やめときやしょう。市民の皆さんもいるところで、戦争をおっぱじめるのは……」

藤虎が剣をしまい、黄猿もすぐに身体の力を抜いた。藤虎に促《うなが》されるまでもなく〝四皇〟とこんなところで戦うわけにいかないのは明らかだ。

海軍はウタをあきらめ、撤退《てったい》を決めた。


黄猿と藤虎に率《ひき》いられ軍艦が港を発《た》つと、カリファも偵察を終えてエレジアを後にした。

シャンクスの腕の中で、ウタは暮れかけた空をぼんやりと見つめた。自分の命が尽《つ》きていくのがわかる。

「……ファンのみんな、大丈夫かな」

私がいなくなっても、ウタワールドがなくなっても、辛《つら》くないかな。

こんな時にも人々の心配をするウタに、シャンクスは、大丈夫だ、と声をかけた。

「人間はそんなにヤワじゃない。それに……新時代は目の前だ」

力強く言いきるシャンクスの視線の先には、屈託《くったく》なく寝息を立てるルフィの姿がある。

ウタは安心したようにうなずくと、消え入るような声で口ずさみ始めた。

〈風のゆくえ〉。

子供の頃にフーシャ村で何度も歌った思い出の曲だ。

最後にシャンクスたちの前でこの曲を歌えて、本当に良かったと思う。

意識が混濁《こんだく》して、自分の声が聞こえなくなっても、すぐそばにシャンクスたちがいると思うと寂《さび》しくはなかった。

ウタは最期《さいご》まで安堵《あんど》に包まれ、穏《おだ》やかな気持ちで歌い続けた。


はっと目が覚めると、ルフィはサウザンド・サニー号の甲板《かんぱん》にいた。いつの間にかすっかり夜だ。眠っている間にエレジアを出航したらしい。仲間たちもみんな甲板に座り込んで眠っていた。

波は穏やかに揺れ、海賊船を海へと送り出していく。

「よく寝てたな」

起きていたゾロが、ルフィに気づいて顔を向けた。

「お前が最後だぞ」

「ウタは？　シャンクスも……」

「おう」

ゾロは、お猪口《ちょこ》を持った右手を、海の方へ向けた。

白み始めた空に接する水平線に、レッド・フォース号の船影がかすかに見える。シャンクスたちの船は先に行ってしまったのだ。

ルフィは甲板から身を乗り出し、先を行くレッド・フォース号を見つめた。甲板に人影が見える。中央には、棺《ひつぎ》のようなものが置かれているようだ。

ルフィは唇を結び、海風に髪をなぶられるがまま、大海原をじっと見つめた。

レッド・フォース号にいるシャンクスも、ウタの眠る棺に背を向け、行く手に広がる海に視線を送る。

二人の視線は交わることはない。

でもどちらも、お互いのことを強く意識していた。

ウタワールドに閉じ込められていた人々は、全員無事に目を覚まし、それぞれの日常生活へと戻っていった。

心酔していた歌姫を失っても、歌声は残り続ける。ウタの声は、困難な現実に立ち向かう人々の背中を押した。希望が欲しい時、明るい気持ちになりたい時、誰もがウタの声を音貝で聴いた。ウタがいなくなったあとも、ウタの曲は人々の希望であり続けたのだ。

人々は、前より少したくましくなって、以前と変わらぬ日常を送った。

そしてルフィも、エレジアを発ち、仲間たちとの航海の日々に戻った。いつもの特等席、サニー号の上で、船の進む先をワクワクして見守る。

「おーい！　サニー！　サニー？」

ウタワールドで自由に動きまわっていたサニーの姿をふと思い出し、ぺしぺしと鼻先を叩いたりこちょこちょとくすぐったりしてみるが、サニー号はもうしゃべらなかった。

楽しいライブは終わり、日常に戻ってきた。

仲間との冒険こそが、ルフィにとっての日常だ。

ルフィはすっくと立ち上がると、大海原に向かって大声で宣言した。

「海賊王に‼　おれはなる‼」

初出
ONE PIECE FILM RED
書きおろし

この作品は、2022年8月公開劇場用アニメーション
『ONE PIECE FILM RED』（脚本・黒岩勉）を
ノベライズしたものです。

ONE PIECE FILM RED

2022年 8 月14日　第1刷発行
2024年 8 月12日　第9刷発行

原　　作　尾田栄一郎
著　　者　江坂純
劇場版脚本　黒岩勉

装　　丁　高橋健二（テラエンジン）
編　　集　株式会社　集英社インターナショナル
〒101-8050　東京都千代田区一ツ橋2-5-10
03-5211-2632（代）

編集協力　添田洋平（つばめプロダクション）
編 集 人　千葉佳余
発 行 者　瓶子吉久
発 行 所　株式会社　集英社
〒101-8050　東京都千代田区一ツ橋2-5-10
03-3230-6297（編集部）
03-3230-6080（読者係）
03-3230-6393（販売部・書店専用）

印 刷 所　TOPPANクロレ株式会社

ISBN978-4-08-703523-0 C0293

検印廃止